全民阅读精品文库

面对面还想你

阎雪君／著

中国言实出版社

图书在版编目(CIP)数据

面对面还想你 / 阎雪君著. —北京：中国言实出
版社, 2015.9
ISBN 978-7-5171-1541-0

Ⅰ. ①面… Ⅱ. ①阎… Ⅲ. ①长篇小说—中国—当代
Ⅳ. ①I247.5

中国版本图书馆CIP数据核字（2015）第220577号

责任编辑：一　心

出版发行　**中国言实出版社**

地　　址：北京市朝阳区北苑路 180 号加利大厦 5 号楼 105 室
邮　　编：100101
编辑部：北京市西城区百万庄大街甲 16 号五层
邮　　编：100037
电　　话：64924853（总编室）64924716（发行部）
网　　址：www.zgyscbs.cn
E-mail：zgyscbs@263.net

经　　销　新华书店
印　　刷　阳谷毕升印务有限公司
版　　次　2015 年 9 月第 1 版　　2022 年 3 月第 2 次印刷
规　　格　710 毫米 ×1000 毫米　1/16　11.5 印张
字　　数　188 千字
定　　价　30.00 元　　ISBN 978-7-5171-1541-0

目 录
CONTENTS

一　抢夺活人妻 /1

二　豆腐房情话 /8

三　粮仓里的激情 /14

四　野浴惊魂 /21

五　换亲风波 /27

六　小媳妇情变 /34

七　血染高粱红 /41

八　处女浴趣事 /48

九　奢靡的富婆 /54

十　"种人"闹剧 /60

十一　小澡堂大波澜 /70

十二　配阴婚争夺战 /78

十三　车马大店的暧昧生意 /86

十四　猎色 /93

十五　午夜突袭 /99

十六　谋杀传说 /106

十七　赔本买卖 /111

十八　瓜棚情爱 /114

十九　撕碎的诊断书 /122

二十　祸从天降 /128

二十一　换亲是把锯 /132

二十二　苜蓿场神秘火光 /139

二十三　带有鸡粪味儿的微笑 /147

二十四　夜半招魂 /153

二十五　她把身体押给了别人 /159

二十六　疯狂的鸡瘟 /165

二十七　"野狐狸"进城 /169

二十八　唱不完的信天游 /174

一 抢夺活人妻

城里教师邵瑞进村的头一天，就碰上了一件让他惊跌眼珠儿的事儿：光天化日之下，有人竟在抢夺活人妻。

那是个很标准的天气。阳光不冷不热地照着，风儿不紧不慢地吹着，牛车不慌不忙地悠着。刚过完年，田野里还能偶尔看到炸碎的鞭炮红纸屑，挂在枯草上舞蹈。许是为了表示重视，村长梁满仓亲自赶着两套马车到村外的山路上迎接邵瑞进村。

牛车格墩格墩地摇晃着，邵瑞眼望着起伏连绵的黄土丘陵，注视着路边七股八叉的深沟，不由地往紧抿了抿嘴唇，往外吐了几口沙尘。空气倒还新鲜，他有些贪婪地呼吸着，鼻子被冷风刺得发红。村长本打算跟邵瑞好好拉呱拉呱，但见邵瑞好像有心事儿，聊性不高，也就礼节性地问询了几句常见的客气话，不再多嘴。村长抽了一鞭前面的小马，嘴里很自然地哼起了小曲儿：

> 对畔畔的圪梁梁上那是一个呀谁，
> 那就是俄（我）要命的二妹妹。
> 对畔畔的圪梁梁上长着十样样草，
> 十样样的看见妹子九样样好。

你在你的那个山上哥哥在那个沟，

拉不上个话话妹子你就招一招手。

……

牛车刚走近村口，迎面就跑来一个村民，喘着气对村长说："村长，你、你快去看看吧，百合家又、又打起来了，都动了刀、刀子。"

"为啥？"村长似乎并不着急。

"还不是为抢、抢王兰英嘛。"村民似乎嫌村长明知故问。

"噢，又抢王兰英。"村长沉吟了一下，又说，"那王兰英不还没死嘛？"

"人是没死，可听人说这次病得厉害，怕是撑不了几天了，燕忠跟燕孝怕她死在陆苗旺家里哩。"

"没事儿，你先去劝劝，我怎也得送邵老师先到学校吧。"

"我，我去劝了，他们也不听，还得你……"

"你看你，治保主任怎当的？先去把他们唬住了，一会儿我就去。"

村长说着把嘴里的烟锅儿抽出来猛地朝车辕上一磕，烟火顺风一吹，落到了驾辕的牛腿上，"嗞"的一声，就冒出一缕青烟，弥漫着一股很香的焦味。老牛似乎感觉到了，腿上的肌肉抖动了几下，还忙用尾巴来清扫了几下，"啪！啪！"的响声也表示了它心中的不满和愤怒。

村长顺手一扬鞭，朝前面的小马又抽了一鞭："驾，使点劲儿，别他娘的光吃料不干活儿。"牛车便又叮叮当嘟地朝学校走去。

"村长，要不你先去劝劝，我自己能去，千万别闹出人命来。"邵瑞有点沉不住气了。

"出人命？"村长愣了一下，随即摇头笑了，"不会的，出了人命倒好办啦。"说着，反而盘腿坐在车辕上，又捻了一锅烟，吧嗒吧嗒吸起来。

看着邵瑞不解的样子，村长笑笑说："这劝架嘛，不能在火气正旺时劝，那就等于火上又浇油，越劝越旺，得等他们吵乏了，打累了，反倒盼人劝，咱再给他个台阶，一拔拉就拔拉开了。再说了，这打架的是几个兄弟姐妹，还能真动刀呀？不急，甭理他们。"

过了一会儿，邵瑞忍不住好奇地问："刚才那治保主任说，有人在抢人，就是这几个兄弟姐妹吗？"

"嗯。"村长头也不抬，声音顺着一股烟雾飘出来。

"抢人？抢谁呀？"

"抢他们伙伙的妈。"

"就是你说的叫王兰英的女人？"

"嗯。"村长说着抬头看了看邵瑞。心想，你这个人这话不是挺多的嘛，怎一路就不吱声呢？但他嘴上不多说，拿足了知多见广的架子，等城里的老师来向他这九品村长来讨教。

邵瑞见状也不好多问，扭身从提包里摸出包香烟，拆开盒子抽出根带把子的烟卷，递给村长。村长也不客气，接过烟卷，顺手把烟嘴儿掐掉，把烟卷插进烟锅里品尝。

邵瑞被村长的这种抽法逗得心里发笑，又把整盒烟塞进村长衣袋里。村长有点儿不好意思地说："我哪能要客人的烟呢，你可是贵客，应该抽我的才是。"

"哪里，人常说烟酒不分家嘛，别客气了。"邵瑞拍拍村长肩臂，很熟很亲热的样子。

村长抽了邵瑞的烟，心里觉得有亏欠，就侧过脸来，单等邵瑞的请教。

果然，邵瑞憋不住了，又问："村长，你说他们抢这个王兰英是为啥？"

"为啥？因为她快死了。"

"一个快死的人，抢她，是为给她治病，还是……"邵瑞大惑不解。

"啥也不为，就为给她第一个男人燕春雷配阴婚。"

"那就是说，她还有第二个男人？"

"对，她第二个男人还活着，叫陆苗旺。"

"噢，原来是个二婚。"邵瑞似乎明白了。

"不对，也不能叫二婚。"村长解释说，"我们这儿叫'打伙计'，也有人叫'拉边套'。"

"打伙计？拉边套？"邵瑞一下子又糊涂了。

"就是一个女人同时跟两个男人在一个家里过活。"村长见邵瑞还在愣怔，就用长鞭一指前面的两头牲口，说，"就好比这牛，是驾辕的，那前边的小马就是拉边套的，懂了吗？"

"噢，懂了，懂了。"邵瑞忙点点头说，"可她现在的男人不还活着嘛，抢她不就是抢活人妻了吗？"

"是呀，可她是燕春雷的原配呀。"村长很肯定地说。

"可是为啥……"邵瑞越发好奇了，他还想问，可学校快要到了，村长打断他的问话，说："别可是了，这种事儿在我们村很平常，也很普遍，你慢慢就知道是咋回事了。"

说着，他跳下车，把车向通往学校的岔路上赶了赶，又边走边哼唱起来：

为人活在十八九，
谁人不想为个好朋友。
守不住别人的瞎撩涮，
我大大知道了多难看。
山药丸子猪油炒，
说上句实话就好饱。
人心似海没深浅，
只要咱心爱就少见面。
大红纱灯笼高杆杆上挂，
明交暗交咱都不怕。
如今咱相好有点点早，
单等那七月麻秆秆儿高。
甚时想交咱就交，
村沟底有好几个老炭窑。
刀山火海要敢上，
跟哥哥相交我就心胆壮。
有人骂来有人恨，
鬼眉溜眼他们假正经。
能交个好朋友是有缘分，
没那个命交上就憎恨。
人心个个都朝下，
为朋友打伙计就普天下。
……

牛车在学校门口停下。其实所谓的学校也就四孔土窑洞，一间类似过去寺庙建筑的木房，房后有一块空地，也就相当于操场吧。一根旗杆有些曲曲弯弯，但国旗却是毫不含糊的鲜红，在风中招展飘扬。

"吕明，马五六！"

村长探头朝教室喊了几声，见乱哄哄的教室里面没人出来，就双手背抄着，用脚把教室的破门踹开了，里面的学生娃们都安静了一下，瞪着眼望着他们的父母村官。

"吕老师跟马老师去哪儿啦？"村长问。

"马老师拉着吕老师进村看打架去了。"孩子们七嘴八舌。

"这两个狗日的东西，啥热闹也落不下他们，跟他们说话等于放屁。"村长骂着，转回身帮邵瑞往窑洞搬行李。

搬完行李，村长在邵瑞的一再催促下，才不慌不忙地劝架去了。

邵瑞在窑洞里环视了一下，看得出，这孔为他准备的窑洞已拾掇过了，地上还残留着清水扫地的印渍。他简单地收拾了一下行李，就感觉没啥事可做了，便到隔壁的窑洞———老师办公室转了转。

无意中，他发现书桌上放着一封县教育局转来的信函。他拿起来扫了一眼，原来是北京寄给这个学校一名叫宋成龙学生的通知，大致内容是该生因学习出色，特别是作文写得好，准备让他参加首都冬令营文学活动，费用是九百多元，要是准备参加的话，就先报名。

邵瑞听说，这里的农民穷得叮当响，组办这活动的单位竟然把通知下到这个地方，那不是瞎闹嘛。这里的农民一年纯收入是否能达到这个数都难说，会用那么金贵的钱干这类闲事儿？不可能。

邵瑞正自个儿琢磨着，门被推开了，一位四十来岁的村民进来，手里端着豆腐，见着邵瑞就说："你就是城里来的老师吧？我是村里做豆腐的，叫唐麦穗，村人都叫我豆腐西施，哈哈。"说着他自个儿先笑起来，"以后，村长叫我每天都给你送个豆腐。"

"别，别，你那儿忙，我就自己去拿。"邵瑞忙说。

"你教书辛苦，还是我给你送吧。"唐麦穗坚持着。

"不，不要，真的，反正我也没事儿，每天走走也顶锻炼身体。"

见邵瑞这么说，唐麦穗也就不再坚持，说："行，你每天到我那豆腐房逛逛也好，我那里可是个好地方，男的女的红火着呢。你去了也能解个心宽，省得出来进去一个人闷得慌。"

俩人正聊着，从门外又跑进两个人，一见面就拉住邵瑞的手说："真不好意思，真不好意思，没估计你来得这么快，去看了一会儿红火热闹，被村长抓住给骂坏了，嘻嘻……"

"怎样？不打了？谁赢了？"唐麦穗插嘴问，"我只顾做豆腐了，没顾上去看，百合怎样？"

"还能怎样？哪次不都是雷声大雨点小，咋说也是兄弟姊妹，还能真动刀子？"马五六嘴快。

"我是说那王兰英到底归谁了？"唐麦穗急于知道结果。

"这你能想得到，唉！"吕明如实说，"燕忠、燕孝太不讲理，百合跟燕权吧，又老让人家。最后，百合说服了弟弟，给人家写了张契据，答应王兰英死后立马与燕春雷合坟，她自己想办法将来给陆苗旺买干尸配阴婚，这才又让王兰英暂时还留在陆苗旺家养病。"

"真是些圪泡（晋北方言，相当于野种），看来呀，这打伙计还真不是人干的事。"马五六骂道。

"可不是吗？"唐麦穗一屁股坐到书桌上，翘了个二郎腿说，"你们没听古人留下打伙计的顺口溜吗？那道理早就跟你讲明了，有法子，谁愿意打伙计拉边套呀。"

"顺口溜怎说的，快说说。"马五六催促道。

"行，那我就给你们说说。"唐麦穗清清嗓子，眨巴眨巴眼说：

> 房檐根前拴马扎下一根刺，
> 咱二人做下了一件伤心的事。
> 发了一场山水澄了一层泥，
> 半路地撒手活剥一层皮。
> 人家为朋友手拉手，
> 咱二个为朋友结下仇。
> 砂锅头栽葱扎不下根，
> 你把亲亲闪成两世人。
> 撩起衣襟揩揩泪，
> 再不要为朋友打伙计。
> 摘了葫芦拉了蔓，
> 这才把朋友拾掇转。

人家都说为朋友好，

打伙计打得我们心惨了。

"不赖，不赖，是这么个理儿。"众人附和。

这时，马五六从桌上抓起那张通知书，在众人面前晃了晃，说："你们说这百合，昨儿个她亲自来学校，竟然让我替她给儿子先报上名，说费用暂时凑不齐，等年底寄出去。你们说，她这个……是不是……嗨，怎说呢？她那人那脑子，简直跟正常人的不一样，啥事心里也敢想。这，给她爹妈看病的钱呢？给她男人看病也得花钱吧？将来给他爹配阴婚还得用钱吧？可她手里没一分钱，她竟然也敢应这件事儿？"说着，马五六摇摇头，咂咂嘴，表示不可理喻。

"她那人，啥梦不敢做？你还不知道。"吕明叹口气说。

"可也是，"马五六眼珠转了转，扮了个鬼脸，对唐麦穗挤眉弄眼地说："她爱做梦也有道理，她孩子那么多爹，还怕凑不起几百块学费？你说是吧，哈哈……"嬉笑声如一串串泡泡冒出来。

"啪！"马五六的泡泡还未吐完，就被吕明抬手一记耳光敲得粉碎，并被吕明从牙缝里迸出的一股冷气吹得四零八落，"你再胡嚼牙齿骨，小心削了你舌根喂狗！"说着，吕明很气愤地一转身出了窑洞。

"你！"马五六用手捂住嘴，要冲出来跟吕明理论，被唐麦穗一把拉住了，冲马五六递了个眼神，说："行了，别闹了，人家邵老师刚来，别让人家笑话。"

马五六这才悻悻地笑了，嘟囔着说："至于嘛，不就开个玩笑嘛，日后再跟他理论。"

唐麦穗见风波平息了，就要回豆腐房。邵瑞送他出门，小声问他："老哥，他们这是咋回事？那百合是谁呀？"

唐麦穗神秘地笑笑说："这事儿，里面道道多了，等你去豆腐房端豆腐，老哥有机会慢慢唠给你听。可有意思了！"说着，他又转回头说，"那个百合这些日子给我帮忙，在豆腐房帮我磨豆腐哩。你要来，肯定能见上，走了啊。"就大步大步地走了。

二 豆腐房情话

　　村里的豆腐房坐落在村南，与村北端的学校遥遥相对。这里过去曾是一个地主的老宅，一溜的老房，墙体斑斑驳驳，像老太太的脸。屋檐墙角布满了蜘蛛网，一只硕大的蜘蛛不知疲倦地爬上爬下，在编织着捕食美味的梦。几只山雀从屋檐下窜出，抖在枝头上吱吱乱叫。大门院墙上不知猴年马月书了两个隶体大字：豆腐，虽已部分剥落褪色，模糊不清，但古色韵味犹存。

　　邵瑞上午上完课，就跟吕明、马五六打了个招呼，溜溜达达往豆腐房去端豆腐。一路上，太阳暖洋洋地照着，村里在阳光的抚慰下，显得安静、祥和。空气极好，邵瑞敞开心扉呼吸着，心情也被染上了阳光，浑身显得通气亮堂。初来村里几天，他感觉到自己的选择是正确的。这里没有电话声的骚扰，自己带了个手机也没信号，等于是聋子的耳朵，成了摆设。据吕明说要想用手机，就得跑到山顶上去，才可能有声响。村里除了偶尔传来几声羊叫狗吠，很少有大的噪音困扰。尤其是到了晚上，那满天的星斗，密密麻麻，亮亮晶晶，仿佛能把窑洞压塌。自己躺在炕上，仰望着银河里的亮点，他的肺腑好像被清水洗过一般，通体舒畅，想想城市的夜空，总是在昏暗灯光的遮掩下，星空隐隐约约，半明半暗的，让人看不清摸不透。

　　学校里没订报纸，也没有电视，自己带的手提电脑更不能上网，外面世界的繁闹喧嚣，似乎已跟他无缘，他觉得自己那颗疲惫伤痛的心渐渐平静下来，在山里清新空气的过滤下，正在泛出鲜活的脉动。

大学毕业后，邵瑞被分配在首都的一个区重点中学教英语。从教十多年来，他觉得自己活得快要崩溃了。他因抵制了学校办课外培训班高收费而遭到校长的训斥，因不愿走后门拉关系总也评不上职称；他看不惯同事们的钩心斗角，承受不起世俗生活给他造成的压力，他觉得生活苦闷、无聊、无助。妻子丁丽是一个成功的商人，过去也是学校的同事，后因不愿为二斗米折腰，下海开了一家美容院，如今已是腰缠万贯。整日里无所事事，就知道美容，隆胸，洗肠，开车兜风，泡吧喝酒，纵情享受生活。后来居然吸上毒品，整日里雾里来云里去的，根本没把穷酸教书先生放在眼里。特别是邵瑞在家撞上的那幕，更是让邵瑞万念俱灰，心身受到极大打击。在医院检查时，大夫居然给他列出八项病，其中还有一项最让他难过的难以启齿的是性功能障碍。

就在邵瑞撑不住快要自杀的时候，学校接到教委一份通知，要求必须委派一名教师到贫困地区义务扶教，吓得全校教师见了校长就躲，生怕引起校长的注意，被发配到边疆。没想到，邵瑞得知这一消息后，居然主动找校长，毛遂自荐，要求到乡下扶教，校长当即准奏。邵瑞很客气地跟妻子告了个别，简单地收拾一下行李，就头也不回地来到了这个名叫桃花峪的山村。

进了唐麦穗家的大院，邵瑞来到豆腐房门前，听到里面有叮叮当当地刷锅声，也听见屋里的人声杂嘈。

"砰，砰"，邵瑞敲敲门，里面根本没人应声，也许太吵听不见吧，邵瑞又使劲敲了一下，忽听见里面有个女人尖叫："鬼敲门啦！"随即传出笑声一片。

邵瑞很尴尬，不知是该继续敲门，还是该直接推门进去。

就在这时，屋里又传出一个男人的骂声："谁他娘的装正经呀，快自个儿踹一脚进吧，还等老子给你开呀？你以为你是乡长呀？哈哈！"

没法子，邵瑞只好使劲推开了门，撩起破旧肮脏的厚门帘儿，迈进屋里。一进屋，他就发现原来屋里的地下、炕上、小凳上堆满了人，他还想看个究竟，忽地冲来一股热浪，就把他的眼镜给蒙上了一层薄雾，他便雾里看花，迷迷糊糊了。

就在他摘下眼镜擦拭的空当，唐麦穗忙拨开众人迎上前，招呼他说："呀，不知是邵老师驾到，快来坐，快，你们给腾个地儿。"说着，他把众人推了推，又把在一把破椅上坐的村民拉起来，让邵瑞坐下。

众人被唐麦穗推得前仰后合，有个女的就尖叫起来："眼瞎了，谁的蹄子踩了老娘的脚板？哎哟！"

"谁的奶子撞了我的眼儿，都冒金星了。"不知哪个男人在人群也吼了一嗓子，把众人逗乐了，都说，"谁的奶子瞎了，撞了你那亮眼儿，太没运气了，哈哈！"

邵瑞见状，忙说："不忙，不忙，我不坐了，都快坐一上午了。"

稍停一会儿，邵瑞才看清，这一间小屋足足憋了十几个人。一条大土炕上，一边晾着黄豆，一边铺了半张席子，席子上人坐不下，有几个人干脆就坐到了黄豆堆里，嘴里叼着纸烟，眯缝着眼盯着手里的纸牌，耳根上别着几支香烟，输了给人，赢了再夹在耳根上，原本白白的纸烟卷儿成了一根根黑色的接力棒。旁边还围了几个人观战，不时还抢上一支战利品，叼在嘴里消费；几个女人手里拿着针线活儿，挤在另一边炕上，手上一份嘴上一份忙乎着，不时还推搡几下，笑得胸脯乱颤，手抖得东西一个劲往炕上掉；地上有两村民蹲着，面前小凳上一只小碗，里面放着几片小豆腐干，每人手里端着半杯散白酒，全然不顾他人的吵闹，静静地品尝着酒的清香，嘴里还叨唠着什么好像买卖上的事儿。

本是房子的主人、干活的主角唐麦穗却被人推挤得趔趔趄趄，磕磕绊绊，一手端着瓢豆浆汁，一手呵护着，在人群里钻来钻去，眼盯着豆浆，嘴里吆喝着："让让，让让，热豆汁，不让就烫着屁股了，让让……"

这时，门又被踹开了，一位村妇胳膊夹着小盆钻进屋来，陪伴她的还有一股小旋风儿，呼的一下就把晾在豆腐板上的几块豆腐罩住了，霎时，噼里啪啦，豆腐上就落满了细小的柴草棍儿，还有类似牛羊粪便干透裂迸开来的细碎屑。邵瑞看着下意识地用手去罩，但似乎不顶用，那些乱七八糟的尘灰还是坚强地亲热地贴在了豆腐白白嫩嫩的脸蛋上。

唐麦穗见邵老师皱着眉，以为他等得不耐烦了，忙说："不急，再等一会儿，第二锅豆腐就出锅了，这锅新鲜。"并把他硬按在破椅子上坐下。邵瑞忙说："不急，不急。"坐在一旁看唐麦穗忙着舀豆浆入槽，用布包好，拿根木棍压住豆腐包，自己一屁股坐在木棍上压浆水。

"哎，麦穗，今儿个燕百合咋没来？"忽然，炕上一女人抬起头问。

"嗯，今儿个她不来了，明儿个也不来了。"麦穗一边干活一边说。

"那是为啥？"

"她不来帮忙了，咱这小买卖挣不了几个钱。"说着，麦穗用手狠劲拍打着豆浆包，似乎嫌它流出的豆汁少，利润小。

"那她要单干？"

"听她那意思，要干大买卖。"麦穗擦擦头上的汗。

"做大买卖？啥大买卖？她也真敢想。"另一女人插话。

"百合有啥不敢想的？穷得啥也没了，就剩下想了。"

"就怕她心比天高，命比纸薄。"

"别说风凉话了。"麦穗摆摆手说，"百合也确实没法子了，你想想，她妈病重要花钱，她男人那老毛病也得花钱，孩子念书要花钱，将来为她爹配阴婚更得花钱，她再不挣钱，那还有啥活头。"

"就是。"地上一村民接口说，"那燕忠、燕孝也太那个了，为了给她爹配阴婚，她亲妈还没死就抢人了。难道还能把他没咽气的妈就给塞棺材里去？"

"这不奇怪。"炕上玩牌的一村民玩牌聊天两不误，扭头说，"你没听说一娘生九子，个个都不同嘛，那燕忠、燕孝是王兰英跟燕春雷造出来的；那燕百合、燕权是王兰英和陆苗旺结出的果，肯定不一样了。"

"啪！"旁边一个人给了他一巴掌，"快出牌，啥地呀种子呀花儿呀果儿呀的，你懂个屁？你是你妈那块地长出的，可那种子是谁种的，你知道吗？"

"放你娘的屁，看不扯烂你的嘴。"说着，俩人滚打到豆堆里，挤得旁边的女人们吱呀乱叫，纷纷跳下炕来，混乱中，连鞋也找不着，急着问谁见她们的鞋了。

"谁知道你那破鞋跑哪个男人屁股底下去了。"人群中不知谁又逗女人，惹得几个女人一齐挤上去抓他的脸。那人忙起身躲闪，嗨，巧了，女人们的鞋子还真在他屁股底下垫着。气得女人们提起鞋拔子朝他身上乱拍，灰尘霎时又弥漫了起来。

唐麦穗一看众人乱了套，忙用勺子敲敲锅边沿说："大伙别闹了，我给大伙唱几句耍孩儿调猪八戒背媳妇，怎样？"

"背媳妇好，背媳妇好。"

唐麦穗清清嗓子，手拿勺子敲着铁锅沿做节奏，有板有眼地唱起来：

媳妇呀，你
上梳油头黑靛靛，

下穿罗裙板正正，
猫儿眼睛水灵灵，
不搭脂粉香喷喷，
不涂胭脂红澄澄，
满口银牙白生生，
头戴鲜花粉腾腾，
哎嗨呀，哎嗨呀，
天下美女第一名呀，
哎嗨呀……

接着，麦穗把嘴一抿，从牙缝里发出细声细气的女声唱腔：

夫妻回到高老庄，
高老庄上务农忙。
老婆汉子把家挣，
恩恩爱爱度光景，
甜甜美美过一生，
哎嗨呀
……

"哎，我总觉得这小子唱的那小娘子怎那么像百合呀，大伙说像不像？"
炕上一位村民一边用筷子敲着破碗为麦穗伴奏，一边笑嘻嘻地说。
"像，像。"众人附和着，"只有百合能扮这个小娘子。"
"那干脆我当猪八戒，背着她好好转几圈儿！"一后生向往地说。"别在
这儿做大头梦了，"一位妇女说，"你敢背百合呀？也不怕百合那两个大奶子
把你给麻趴下了，哈哈……"众人一阵哄笑。
"别瞎扯了。"地上那位谈生意经的村民站起来说，"麦穗，百合也不知做
啥大买卖，听说了吗？"
"听说，听说要开澡堂子。"麦穗吞吞吐吐地说。
"啥？开澡堂子？真稀罕，哈哈……"大伙都觉得麦穗开玩笑。
"是，是真的。"麦穗说，"她今天就找人借钱去了，她说肯定能挣钱。"

"她爱洗澡，就以为别人也爱洗澡？咱村好多的人一辈子都不洗澡，她也不怕赔塌脑哩。"一个女人的声音。

"百合说了，一个人只要洗过一回，就想着洗二回，兴许还真能挣钱。"麦穗一边忙乎一边接嘴说。

"你咋知道？你跟她洗过？"炕上一后生见缝插针。

"哈哈哈……"众人哄笑。

"说起洗澡，还真有个笑话，不过，挺黄的。"

"快讲快讲，黄色的才好听。"炕上的后生们猛催。

"就是，你黄还能把人黄死？"女人们也给他撑腰。

"那我就讲？"麦穗还想卖关。

"有屁快放！"众人也等得不耐烦了。

"说，村里有一后生外出打工，一年了没回信，他爹跟他媳妇天天在家里等回信。一天傍晚，老公公对儿媳妇说，他到河边洗个澡，要是儿子来信就马上送到河边。嗨，也巧了，那天还真等到儿子来信了，儿媳妇高兴得不得了。但她不识字，就急忙跑到河边找公公。老公公正在河里泡澡，看见儿媳手里举着信嘴里喊着他，一激动，猛地从河里站起来跑到了岸上，到了岸上才发现自己忘了穿裤衩，就忙用双手把下身捂住。儿媳忙把信举着让他念，他不知是因为冷还是害羞，浑身哆嗦，看不清也念不准，结结巴巴的。儿媳急了，忙说：'爹，干脆，我替你捂住，你自己拿着信念多方便！'"

"哈哈……"众人笑得东倒西歪，眼泪汪汪。

邵瑞听着，也不由地跟着乐呵起来，但他更高兴的是村里如果真能有个澡堂，那可太好了，自己出来几天没洗澡，浑身痒得难受极了。但他同时也担心，在村里开澡堂他还未听说过，能行得通吗？

三　粮仓里的激情

这几天，桃花峪村大街小巷的村民，饭后茶余都在议论燕百合家打架抢人的事儿。

其实，村人都知道，王兰英跟燕春雷是原配夫妻。燕春雷长得人高马大，虽说脾气暴点，手艺却好，自小跟师傅学了一手阉猪割胆的好手艺。农业大集体的时期，燕家已生了燕忠、燕孝两孩子，人口多工分少，日子过得紧紧巴巴，燕春雷一看光靠工分难养家，就自己偷偷地跑到口外耍手艺。

记得王兰英送燕春雷上路的那天，俩人有点难舍难分，送了一段又一段。也不知山坡上哪个放羊的灰老汉，不识眼色，扯开嗓子唱起了山曲儿，竟唱得王兰英热泪满面流。

> 叫一声妹子你不哭，
> 哭得哥哥那心难活。
> 守住了妹子倒也好，
> 挣不下银钱过不了。
> 再不要难活再不要哭，
> 谁家的亲人常相守着。
> 一锅锅猪肉半锅锅油，

哭成个泪人咋叫哥哥走。

一对对蛤蟆井沿上爬，

哭下了病疼该叫哥哥咋。

……

　　燕春雷到了内蒙古后，很快如鱼得水。草原土地辽阔，牧民分散而居。燕春雷的手艺很快得到了一些牧民的认可。他每天夹个小包儿，这家干几天，那家干几天，也没人干涉，请他阉牛阉马的牧民逐渐多了起来。内蒙古牲口多，生意自然不错，挣点零花钱补贴家用，自己还能偶尔吃上一顿死牛死羊肉，日子过得还挺滋润。谁料想好景不长，村委会得知他外流内蒙古，搞一些"资本主义"活动，就叫王兰英写信通知他，命他马上回村，不然的话一律按"外流"人员论处。王兰英私下里一盘算，挣的还没罚的多，再加上家里人处处挨白眼，弄不好有被批斗的可能，就让人捎信，叫燕春雷尽早回村。万般无奈之下，燕春雷被迫返村。

　　返家后的燕春雷由于耍惯了手艺，农活就有些手生，再加上受不了田地营生的苦，工分就一少再少，最后几乎全家断粮，两个半大的儿子饿得嗷嗷直嚎。一天晚上，两个儿子因为没有饭，又饿得哇哇大哭，王兰英看着心疼得泪水淋淋。燕春雷实在看不下去了，独自悄悄出村去偷邻村的玉米棒。那时的粮食金贵，村村看田的人员都是专业队伍。燕春雷的踪迹很快被一伙看田的掌握。当他怀抱着玉米棒偷偷溜出地头时，就被一伙人摁倒在地。燕春雷被摔了个狗吃屎，他吐了吐嘴里的泥土，心里憋了好长时间的火气刹那间轰然爆发，他大吼一声翻身跳起，一边破口大骂，一边挥着镰刀乱砍。

　　"老子在口外弄得好好的，他妈的非让爷回来，回来却不给爷吃饭，这是啥狗日的世道。老子今天也不想活了，削掉你们的脑壳子当夜壶使！"说着，他手中的镰刀上下翻飞，把几个看田人砍得吱吱乱叫，鲜血四溅，像受了伤的田鼠一样在玉米地里四下逃窜，燕春雷趁机连夜逃回了家。

　　逃回家中的燕春雷，用冷水洗了把脸，头脑也清醒了大半，他知道自己闯了大祸，整夜惊魂未定，他以为外村人听不出他的嗓音，也不一定能认出他伤了人。可谁也没想到，他那句"愤怒吐真言"中的"老子在口外过得好好的，他妈的非让爷回来……"暴露了他的真实身份，所以，邻村的鸡蛋（村人叫基干为鸡蛋）民兵很快就找到了他家上，又从他身上的伤痕立马就确认他就是偷玉米砍人的罪犯，马上被五花大绑带走。最后法院判了他有期徒刑五年，从此开始了漫长的服刑生活。

燕春雷被抓走后，家里好像被抽了顶梁柱，王兰英有种天快塌下来的感觉。加上被罚赔偿受了伤的村民，家里变卖了所有能卖的东西，如今已是家徒四壁。那是秋末冬初的一个夜晚，一家三口凑合着喝了面缸里仅剩的一把玉米糊糊，想着赶快睡着了就不知道饿了，没想到越饿越睡不着，越睡不着越饿。特别是两个儿子两手捂着肚皮，嘴里喃喃地说："要是能吃个烧山药，那有多好哇，那有多好哇。"王兰英在被窝里偷偷抹着泪，她忽然想到了偷，可又怕再落得个燕春雷的下场，她一旦被再抓走，那两个儿子还不得饿死呀。可不去偷怕是俩孩子撑不到天明就饿得再也爬不起来了。

辗转反侧到了半夜时分，王兰英实在不忍心俩孩子饿得发昏喃喃乱语，她一咬牙，穿上衣裳，顺手抓了个柳条筐，就悄悄向大队山药窖摸去。她蹲在山药窖附近的玉米秆堆里，悄悄观察了一下，发现看窖人住的窑洞黑了灯，就判断人已睡了。她窜到山药窖口，很快扒开了窖口，先把筐扔进窖里，然后摸索着用双腿叉住窖壁，哆哆嗦嗦往下爬。不料想她一脚踩空，整个人轰隆一声就掉进了窖里。幸亏窖不深，加上她正好跌到了山药堆上，才没有摔昏过去。她挣扎着爬起来，摸黑瞎抓，很快就拾了半筐山药，然后她赶紧摸索着往上爬。因为双手和双脚都必须贴着窖壁和窖台阶。她只好用牙叼着筐提手，然后把筐贴到窖壁上，一下一下往上挪。就在快到窖口的时候，忽然，一条黑影猛地立在了窖口，一道刺眼的手电光唰地劈头射来，王兰英连惊带吓，再加上精疲力竭，眼一黑，腿一软，连人带筐忽通通就直直掉了下去，什么也不知道了。

不知过了多久，王兰英才醒过来，她抬手一摸，却抓到一个黑乎乎、软溜溜的东西，她吓得尖叫一声就挺直了上身。这时那黑影打开了手电，电光后边传来黑影的声音："呀，兰英，你醒来了，别怕，是我，陆苗旺。"

王兰英这才看清原来是大队看山药窖的陆苗旺。陆苗旺是个缺了一只胳膊的残疾人，因残废一直未娶上媳妇，打了十几年的光棍。

这时，陆苗旺又开口说："刚才，真怕把你摔坏了，我想把你弄上去，可一只胳膊怎也抱不上去，就只好守着等你醒来。"

"扑通"王兰英猛地跪在了陆苗旺的面前，因窖内狭小，她的头也抵住了他的胸口："苗旺大哥，我求求你了，千万别把我这丑事抖搂出去，不然的话，我被抓被罚都不怕，就怕俩孩子成了孤儿。"说着，她就使劲给他磕头，地方小，她把头全磕在了陆苗旺的胸口上了，几下就把他撞倒在山药堆上了。

就在陆苗旺挣扎着要爬起来的时候，王兰英一抬腿就跨在了陆苗旺的身上，她双手一使劲，上衣棉袄上的扣门就被扑拉拉刹间撕开，紧接着，她双手一捣，宽大的棉裤就脱到了大腿根儿。

这时，手电筒被丢到了山药堆上，兰英白嫩的身体，温扑扑的乳房一下就贴在了陆苗旺的脸上，陆苗旺的头脑嗡地就涨满了幸福的渴望，他一翻身就把兰英压倒在山药堆上。

陆苗旺随着脑子清醒，一阵不安和担忧却袭上心来，他说："兰英，其实我打小就喜欢你，可我一个废人没福娶你。今儿个黑夜，我可圆了几十年的念想。就是，就是，这事儿千万不能让燕春雷知晓，他那倔驴脾气，人都敢杀。"

"你就把心款款地放进肚里，这事儿呀，天知地知，你知我知，神不知鬼不觉，就算神仙知道也没啥，他们不会说话。"

"嘻嘻。"陆苗旺竟被兰英逗笑了。

陆苗旺帮王兰英拾掇了一筐山药，看着她消失在茫茫夜色中。

当时的王兰英算得上村里俊俏的女人，所以后来人们都说百合出众的美丽大都是她妈的遗传。陆苗旺尝到了甜头，从此就一发而不可收。俩人白天碰面也装出不冷不热的面孔，夜里却滚在一起，做尽了人间美妙之事。自此，王兰英的俩儿子常有了烧山药吃，王兰英也浇嫩了自己久旱的土地，滋润的红晕开始绽放在她的脸上。

然而，世上毕竟没有不透风的墙，王兰英和陆苗旺二人的秘密渐渐地被村人察觉了。于是，人们的舌头舔到了新鲜的调料，耳根儿边也绽放出了联想的画面。陆苗旺沉不住气了，夜里搂着兰英光滑的腰肢，忧心忡忡，长吁短叹。王兰英用手抚着他的残臂说："苗旺，我也想了挺长时间了，咱俩这么偷偷摸摸也不是长久的事儿，我有一个想法，也不知你同不同意。"

"啥想法？"

"要是你真的喜欢我，你又是个缺胳膊的人。"兰英眼盯着苗旺，言语幽幽却透着坚硬劲儿，"干脆，你就上燕家门拉边套吧，这样，咱俩也就能名正言顺地过一辈子了。"

"拉边套？"陆苗旺没想到她会有这么长久的想法。

"咋，你不愿意？"王兰英噘起了嘴。

"不，不是，我是怕人家燕家人不愿意。"

"跟你说实话吧，"王兰英直起身子，一本正经地说，"这事儿我早就跟我公公婆婆挑明了，为了这个家跟俩孩子，他们早就默认了。"

"啥？他们早知道了？我说他们咋就从不嚼舌头呢。"

"嚼啥舌头，你的山药早堵住了他们的嘴巴，还有啥可嚼的呢。"

"那、那春雷能、能愿意吗？他、他可是头倔驴。"

"他同意也得同意，不同意也得同意，一来咱生米已做成熟饭了，二来只要他不怕他爹娘跟儿子们被饿死。"王兰英似乎胸有成竹。

后来，王兰英陪公公婆婆在一次探监时，爹妈主动开口跟燕春雷讲明了事情的前因后果，燕春雷听了半天没言语，只是闭着眼睛叹口气，低下了头。王兰英跟公公婆婆明白，他是默许了。

这样，陆苗旺通过了燕家上上下下的"法律许可"，正式搬进了燕家，名正言顺地为燕家拉起了"边套"。

陆苗旺在燕家的位置也得到了全村人的认可。其实，自古以来，村人对"拉边套"的家庭给予更多的是理解和宽容。正如老辈人常唱的那样：

里外间间串洞洞风，

什么人留下个串门门。

白布衫衫缀上里扣门，

串门门才闹下个不机迷。

串门门打伙计鬼迷心，

谁能把这事儿分得清。

念书人就会装正经，

串门门才认下这姑舅亲。

庄户人本来就是实疙筒，

一见个牲口也心疼。

一道道山沟这两个人，

东山上说话西山上听。

你挖猪菜我割个草，

唱两句山曲儿解心焦。

你饮马来我担水，

一年四季咱见过个谁。

你搂茬子我送个粪，

谁给咱的心上解忧闷。

你放羊来我放牛，

孤零零的老榆树下伙乘凉。

你种个葫芦我安个瓜，

怕狼来了我给你打。

你说他说我来说，

不打伙计还能咋？！

……

　　燕春雷刚回来时，由于人多窑少，燕春雷、陆苗旺和王兰英只能三个人
挤在一条炕上睡。俩男人心里别扭，谁也不愿挨着谁，都背对背面朝墙，
王兰英就只好面朝上平躺在两个男人中间，连侧身睡一会儿都不能，怕引
起两个男人的猜疑和不满。

　　头几天，三个人谁也不言语。都只是在黑暗中转动着眼珠子，各自想着
心思，支棱起耳朵听辨着身边的动静。后来，燕春雷实在忍不住了，就装着
梦呓一翻身，顺势就把一条腿搭在了王兰英的肚子上，手就很自然地伸向了
王兰英的大腿根儿。王兰英就使劲夹紧大腿，身子像虾一样弓起来。这时，
陆苗旺也察觉到了俩人的动静，他怕听到令他难以忍受的声音，就一转身，
把唯一的一只胳膊压在了王兰英的胸脯上。燕春雷一把就攥住了陆苗旺的手，
俩人在黑暗中较劲儿，两只手掌因使劲儿摩擦发出咔咔的声响，在寂静的夜
幕中显得格外恐怖。两人的手掌在黑暗中僵持了好一阵儿，都有点精疲力竭，
双方一时失控，两只正在较劲的拳头猛地一偏，就倒下来，重重地砸在了王
兰英的肚子上。"啊！"王兰英疼得猛叫一声，就双手捂住肚子蜷缩成一团儿。

　　燕春雷一听忙点亮了油灯。俩男人盯着痛得哆嗦的王兰英，谁也没吱声，
只是仇恨地盯着对方。

　　"这可是我的老婆！"燕春雷用眼睛向陆苗旺发出怒吼。

　　"可她也不能说不是我的媳妇！"陆苗旺也用眼珠子向他示威。

　　俩人僵持不下，就用眼睛求助于王兰英，都希望她能说句向着各自的话。
可王兰英嘴唇抖了抖，似乎有许多话要说，可又紧咬牙关，一个字也不吐。

只是紧闭住双眼，拉上被子蒙住了头……

刑满释放回家的燕春雷，见王兰英一点也不偏向他这个原配男人，心里更加不平衡。脾气更加暴躁，人变得更加古怪，还令全家人心惊肉跳的是他还学会了喝酒，并且是天天喝，次次醉，酒醉后瞪着红眼珠看谁都不顺眼，见谁骂谁，最遭殃的还是王兰英。燕春雷全然不念五年多来她养活爹妈和俩儿子的苦劳，喝醉就揪住她的头发往墙上撞，常撞得鼻青脸肿，鲜血横流。他还常当着陆苗旺的面指桑骂槐，把王兰英打得身上青一块紫一块。俩儿子敢怒不敢言，陆苗旺更是不能吭声，人家"正式男人"打老婆，你这"临时男人"哪敢抛头露面，他忍气吞声，心里憋了一肚子火，恨不得找把刀把燕春雷一刀捅了。

最危险的是有一段时间，陆苗旺不干生产队的看窖人了，手里没了能堵住燕春雷的山药，燕春雷便放出风来，准备让他屎壳郎搬家——滚蛋。幸亏后来陆苗旺时来运转，又当上了大队的粮库保管员，裤腰带上别的钥匙的分量更重了。才避免了一场被"罢免"的危机。但他从此更明白了"临时工"的不安全和不稳定，他就琢磨着如何能尽快"转正"。

燕春雷虽然允许陆苗旺继续"拉边套"，但他还是设法气走了陆苗旺，陆苗旺搬回了自己的老窖。夜里，燕春雷监视着王兰英，不让她去跟陆苗旺睡觉，白天，陆苗旺家里又有老母在，粮库保管室又常有人来，俩人便把亲热的地点转移到了粮库里。

白日的粮仓十分的安静，墙厚门坚窗户高，特别安全。王兰英和陆苗旺每次偷偷溜进粮仓，便肆无忌惮地脱光衣服，滚作一团。后来，燕百合、燕权相继出生了，不过，这其中还有个秘密，只有王兰英一人知道。

四　野浴惊魂

燕百合决定要开澡堂了。

在村里开澡堂这可是自古以来头一次，过去的地主老财们也没敢这么想。其实，在村里开澡堂也简单，修一男一女两个水池，再配个锅炉而已。可这也得几千块钱的开销，这几天，百合转了十几户亲戚、朋友，可还是没凑齐这笔钱，不是人家不舍得借，是他们手中实在没几个多余的钱。有一次她在村里遇到了村里的首富田福寿，田福寿主动招呼她想借钱给她，她知道田福寿一直在放高利贷，尽管田福寿一再强调对她绝对低息，甚至不计利息，可她还是拒绝了，因为她太清楚田福寿心里是咋想的了。田福寿见她不买账，还挺恼火，说你百合迟早都得来求我，还说百合太不开窍了，简直是藏着元宝讨饭吃，有她开窍的那一天。

思来想去，百合还是决定到信用社碰碰运气。

信用社距村有二里多路，百合从家里出来，还专门绕道去了趟供销社，买了两盒较为高级的香烟，就径直向信用社走去。

西北风呼呼刮着，风沙直往百合脖子里灌，百合把围巾往紧箍了箍，不想给风沙太多的机会。其实百合想开澡堂并不是一时心血来潮，而是打小就有的一个心愿。村里人知道百合最爱洗澡，这是出了名的，有人还说百合前生一定是个南方人，这辈子投胎转世错了方向，才被发落到尘沙满天的黄土高坡上来。她天生的俏眉俊眼，皮肤又好，不爱洗澡才不正常呢。

可村里的人大都不爱洗澡，有的人甚至一辈子都没洗过澡。女人们就是在出嫁时，大多是在大木盆里沾着水擦一擦。人常言，习惯就成了自然，从不洗澡也就没体验过洗澡的舒服，当然，也就品尝不出不洗澡的不舒坦。其实这里的人连头都很少洗，因为头天在家里洗了，第二天一出门，马上就成了"灰头"，尘土反而沾得更多。

百合生来爱洗澡。为这个，她没少挨王兰英和燕春雷的骂，骂她有啥可洗的，就是洗出骨头来也是个穷命。可百合不理这个茬，后来陆苗旺专门叫人给她做了个大木盆，夜里，百合就常在自己的窑洞里自己洗澡。她有个习惯，一洗澡就觉得浑身欢畅，心里一舒畅就喜欢哼唱，家里人一听她哼唱就知道百合又在洗澡了，俩哥哥就常偷看她洗澡，气得百合就不常在家里洗了。记得有一年夏天，百合发现村外有一小塘雨水，傍晚时分就悄悄来到水塘前，独自下水洗澡。正当她蹲在水里低声吟唱的时候，被水里突然窜出的"人鱼"紧紧抱住，她想喊，但嘴被那个人捂住了，那人的一只手上上下下，像蛇一样缠住她，把她的每个关键部位摸了个遍，然后，猛地松开手，鬼一样地游跑了。百合被吓得哆嗦了半天，清醒过来战战兢兢爬上岸，浑身抖得连裤子都伸不进去。她跑回家，躺在炕上，还惊魂不定了半天。她怎么也想不起那人是谁，还直庆幸那人没把自己那个了，要是那个了，那她还怎做人哟。

从此，百合再也不敢到水塘里去洗澡了，实在痒得不行，便趁赶集或其他机会，进距村几十里的县城澡堂去享受一番。但这种享受是需要花钱的，她便把自己的零花钱一个一个地攒起来，攒够就洗一回，幸好那时的澡票还不贵，几毛钱就洗一次。因此，百合每次洗澡要泡上足够的时辰，尽情享用热水雾气给她带来的幻觉。她就又想唱，可又不能唱，因为洗澡的人多，有几次没有人时，她哼唱了几句，竟发觉声音效果太好了，澡堂简直就是一个扩音器。

不能唱，她就闭着眼睛想，反正在腾腾的热雾中她的梦想更多更美，更有滋味。百合自小爱做梦，儿时她常在睡梦中发出咯咯的笑声。长大了，贫困的生活非但没有减退她爱做梦的喜好，反而越是贫穷，她越爱做梦，生活中缺少的往往在梦里反而会得到。她夜晚做梦能梦见红日高照，白天做梦能看见繁星满天。她不但爱做美梦，更喜欢噩梦，每当她从噩梦中惊醒过来，就会"扑哧"一声大笑不已，家人以为她又做美梦了，她会说："咱不爱美梦，美梦醒来总是失望，噩梦醒来发现是假的，现在才是真，就觉得幸亏不是噩梦里的那样，就觉得幸福和满足。"

快到信用社门口时，百合碰上了村长弟弟带着一帮灰小子们骑着破自行车乱转，大老远地看见百合，就相互挤眉弄眼地瞎唱起村人常哼的酸调调：

白鞋红花雪打灯，
想打伙计趁年轻。
大果子大来海红子小，
打伙计品一品那点好。
打高墙来喂恶狗，
管不住妹妹为朋友。
雪花落地化成水，
死心塌地交下你。
人家打伙计十七八，
光棍打伙计掉了牙，
为人不把伙计打，
枉来世上走一遭。
过冬的菠菜露了头，
十三岁开心为朋友。
打伙计不打有妻的汉，
时常闹个两条心。
红黄绿鞋都穿过，
好赖男人都交过。
石榴开花火辣辣红，
妹妹才是红火人。
毛花眼眼红嘴唇，
娘生小妹妹惹人亲。
红鞋上爬一苗鲜白菜，
谁见妹妹谁心爱。

那群灰小子们吼了半天，见百合头也不回不搭理他们，便高喊："百合，听说你要开澡堂了，进去是不是都得脱衣裳呀？"

"不脱衣裳洗也行，不洗身子就洗衣裳。"百合有心思，不想多跟他们饶舌头。

"那还得有搓澡的吧？要不你给搓搓？"

"我搓也行，可小心搓断你们的嫩脊梁骨。"

"哎哟妈呀，你也太狠啦。"

说着话，百合进了信用社的大门，就把那一片嘈杂挡在了门外。

信用社是这一带少有的砖木房子，门前有一条小河道，平日里还有一脉细流，喘着细气，欲断不断。冬日里便裸出一条条干涸的肋骨。房前有一溜的小柳，夏秋时节，还摇着绿里带黄的颜色，寒冬季节就只剩下几根根细长的枝条，稀稀落落的，像老太太的头发。倒是那块黄里嵌绿的金字招牌，常年在砖墙的灰色和柳树的绿色中闪射出醒目的亮。

百合刚迈进信用社，正碰上主任钱宽心出来，原来他听到外面那些灰小子唱的曲曲儿，想出来看个究竟。一见百合，钱主任就明白了，说："噢，怪不得那些灰小子们跟猫嚎春似的瞎吼呢，看见你，谁能不想乱吼，哈哈……"

百合盯着钱主任看了几眼，也忽然哈哈笑起来。

"你、你笑啥？"钱主任有点不明白，"也笑那些灰后生？"

"才不呢。"百合忍着笑说，"我是笑你这名字呢，怎起得那么好呢，你姓钱，又管钱，好事都让你一个人占了，不宽心才怪呢，嘻嘻……"

"啊，哈哈。"钱主任自嘲地笑了笑，"俗是俗了点，不过，没办法，姓是爹娘给的，名是老师给起的，由不得自己，怪不得我，哈哈。"

两人说笑着进了办公室。闲聊中，钱主任还问了前几天百合家打架抢人的事儿，看来这事儿影响还挺大的。

"没啥大事儿。"百合摆摆手说，"只要有钱将来再给俺爹配一个就是了，说不准，还能配一个年轻的、漂亮的呢，哈哈。"

"是啊，是啊，人死，配谁都是个样子，有个伴就行了。"钱主任也宽慰地说，"不过，听说也得花几千块钱呢。"

"对呀，有钱才好办事儿。"百合很自然地将话题引了出来，"这不，为了挣钱我专门先来找你借钱来了，帮帮忙吧。"说着，从口袋里掏出好烟，递给钱主任。

"听说你要开澡堂？"钱主任消息还挺灵通。

"对！"百合肯定地点点头。

"开澡堂？就这穷地方儿？就这穷百姓？你听说谁洗过澡？你也不怕赔塌脑？"钱主任连珠炮式的提问企图一下子把百合砸蒙。

"这些问题我早就想过啦，我跟你说说。"百合看来是有备而来，"主任，咱庄户人不洗澡首先是因为没澡堂，就好比不能生娃娃是因为没媳妇一样。再说，全村三百多户一千五百多口人，人人没洗过澡，反过来只要人人只洗一次澡，每人按一次两块钱算，那就有三千块的收入。更何况，这洗澡就跟吸毒一样，只要洗过一次，就会想舒舒服服洗第二次，一年别多，只要过时过节的洗两次，就有六千多的收入。你说，能赔吗？"

"算数字儿可以这么算，可全村人哪能都去洗呢？"主任又问。

"是不可能全去，可你想想，咱这一片五六个村，也都只有三二里，他们知道了也会有人来。你知道，他们到县城去洗得跑几十里路，连来回路费加上，那可赔大了，到咱村洗那就方便省事多啦。"

"理是这么个理儿，可这种项目，我当了几十年主任了，还真是头一次碰上。"

百合见钱主任有点犹豫，就又接着说："再说了，咱们村墙上的标语写得多好，信用社是农民自己的银行，你这也是为农民办实事儿的机会呀。有件事儿，你知道吗？"

"啥事？"主任有些好奇了。

"啥事儿？女人的事呗。"百合故意卖关子。

"看你说的，这女人的事我怎知道？"

"你是不知道，可这事儿都跟你们男人有关。"

"到底啥事儿呀？女人、男人还不就是炕头上的那点事儿吗？还能有啥事？"

"差不离儿，就是因为炕头上的事儿，咱村的女人有多少得妇女病的，你知道吗？"百合笑着说。

"得妇女病？那可跟我无关啊，咱可没干那事儿。"主任急得直摆手。

"身正不怕影子歪，你别急啊，我也没说你干的，我是说就因为从来都不洗澡，男的、女的老干那事也不洗洗，全村有一半以上的女人被染上了妇女病，还不是因为不卫生？"百合引导他说。

"噢，绕了半天，你又绕到澡堂子上了。"主任也笑了，"行了，别绕了，我也绕不过你这张嘴，你说贷多少吧。"

"五千！"百合伸出五个指头说，"我已经借了三千多块了，可刚够水池子的费用，那锅炉还没着落呢。"

"可上面规定，超过两千就得有抵押，你有存折抵押的吗？"主任挺为难。

"废话！"百合笑着打了一下主任的手说，"有存折还找你贷款呀？"

"那总得找点抵押品呀。"

"我给你带了卖绿豆的收条，反正这钱要是来了，也得从信用社取，不行，你扣了不就得了。"说着，百合从口袋里掏出一张白条子，递给主任。

钱主任打开一看，是张三千元的绿豆款欠条，就说："可只有三千块呀，抵押应该只多不少呀。"

"钱主任，求你啦，咱就这点值钱的东西啦！"百合开玩笑说，"要不，把我也押上算了，还不了款，我就把自个儿卖了还你钱，总行了吧？"

"那我可不敢，要把你卖了，你那两个男人还不把我给活吃了才怪哪。"钱主任连连告饶。

"你就帮我这个忙，等澡堂开张了，你天天去洗，全免费伺候，怎样？"

"天天洗？还不把我的皮都脱剥了。"钱主任手一摆说，"这个忙我帮，到时候你要能给老哥揉揉背，老哥就心满意足了。"

"没问题，保证手到擒来，哈哈。"百合吓唬他。

"手到擒来？你可别把我抓起来扔进水池子淹死了，嗨嗨……"钱主任也开心地笑起来，"不过，能死在你百合手里，我可是做鬼也风流了，值！"

"行啦，别打哈哈了！"百合催促道，"快办手续拿钱吧。"

钱主任边填单子边忽然问百合："百合，你这次贷款没找田福寿吧？听说村人好多都找他贷高利贷，据说那利息要比咱信用社高五倍呢，简直是吃人不吐骨头哇。"

"没找他，有咱农民自己的银行，找他干吗？"百合不愿提田福寿主动借钱给她的事儿。

"唉，咱信用社资金毕竟也有限，规模太小啦，可他那样坑人迟早要遭报应的。"钱主任愤愤地说。

五　换亲风波

邵瑞决定到燕百合家进行家访。本来村里没有家访这种习惯，可邵瑞是城里来的教师，把这种习惯带来也是很自然的事儿。原本邵瑞想让吕明、马五六一块来，可吕明找了个借口推辞了。邵瑞还想劝他一同来，却被马五六使了个眼色制止了。路上，邵瑞想问个究竟，马五六摆摆手说这事挺复杂等有机会让吕明自己对你讲就明白了。

"马五六，你咋起这么个怪名？"邵瑞忍不住问，这个问题他琢磨了好几天了。

"其实这名一点也不怪，只不过你不了解我们这里习俗罢了。"

"噢？这里面还真有讲究？"

"也不算讲究，就是按爷爷的岁数来叫的。我是爷爷五十六岁时生的，就叫五六，也算是个纪念吧。"

"哦，我明白了，假如你是在你爷爷七十岁生的，也就叫马七十？"

"非常正确，加十分。"马五六笑了。

俩人一路说笑着，很快来到了燕百合家的大院。她家的大院在村东北，紧靠着乡级公路，是通往县城的必经之地。

百合家的大院可真够大的。院里面有八间窑洞，一字排开，显得很宽敞，院子也挺长，至少有二亩地大。邵瑞惊叹着说农村不缺的就是土地呀，这地面要放在北京，至少也得几百万哪。但很快邵瑞发现这院子有几处不一致的地方儿。一是八间窑有四间是砖贴面，有四间是泥挂面。砖贴面的院子地面明显高于泥挂面的地面。另外，八间窑洞的院中间有明显的土墙根基，一看就知道这中间原来应有一堵墙，后被人拆除了。

邵瑞把这一发现告诉马五六时，马五六佩服地说："你观察得真细，这本来就是两处院子，那砖贴面的窑洞原是刘贵的，那四间泥挂面的窑洞才是宋根红家的。"

马五六嘴快，话匣子一打开，就咕咕往外倒。他告诉邵瑞这宋根红是燕百合的原配男人，早几年下小煤窑被砸成了残废，腰以下的部位几乎没什么知觉了，刘贵是百合家正式拉边套的。

"什么？这燕百合跟她妈王兰英一样的命？"邵瑞禁不住一愣。

"是啊，一样的苦命，不，百合命比她妈命还苦。"马五六声音低沉，"她为那半傻的哥哥燕忠，还是换亲。"

"换亲？跟谁换的？"邵瑞觉得这燕百合越来越复杂了。

"跟谁你也不认识，慢慢再给你讲吧。"

马五六还告诉邵瑞这宋根红和燕百合的院子本来就跟刘贵家的院子紧挨着，也就一墙之隔，两家合并后，就把原来那残缺不全的院墙给打倒了。据说，宋根红原想主张把刘贵的窑洞卖掉，让刘贵搬到他家，这样一来可以卖几个钱，二来也好管理刘贵跟燕百合。可燕百合不同意，她想给刘贵留一个独立的地方。另外，她心早就合计好了，要利用这个大院和这窑洞做点大的买卖挣钱。同时，她还让刘贵把土地仍保留在刘贵自己的名下，两家的土地合种伙收共用，粮食归宋家。

正说着，俩人忽听见大院西墙下正在盖的房子里有人说话，定眼一看，原来燕百合一家正在忙活着备料。邵瑞忙低声提醒马五六不要讲了，免得让人家听见。

马五六却笑着说不怕，这原本就是明打明的事儿，她们也不避讳。

这时，百合也看见他们俩，已拍拍身上的土，向他们笑着迎上来。

马五六给他们互作介绍时，邵瑞已被眼前的燕百合的美丽惊呆了，他没想到在这僻远之地，竟有如此清秀绝色之人。他心想怪不得村民们说唐麦穗所唱的"美娘子"是指百合的，其实他觉得百合要远比那描述的小娘子秀气得多，正如她的名字一样，就好比山里的野百合一样，清灵、自然、健康和美丽。

正当邵瑞的思绪还在现实与幻觉之间游荡时，百合的儿子宋成龙已跑到了他跟前喊了声：Good morning teacher（老师上午好），邵瑞才回过神来，忙回应了一句：Good morning Song Chenglong（宋成龙上午好）。

听着这新鲜的语言，燕百合禁不住兴奋地拍起手来。接着燕百合赶忙把两位老师让进了屋里，忙着倒水递烟。

邵瑞环视了一下屋里，屋里的家具简陋，但墙上贴得到处是孩子们的各种奖状，花花绿绿的，整整齐齐地排列着，很是显眼。

几个人谈论了一阵儿俩孩子的学习情况，听着马五六对孩子的夸奖，燕百合水灵灵的大眼睛闪烁着幸福和向往的光芒。她一个劲儿地说，自己没文化，下决心要让孩子考上大学，最好是北京的大学。所以，她说寒假的冬令营活动一定得参加，好好鼓励一下孩子。怎么着也得让孩子去见见世面，最好能到出名的大学校园转转。

聊了一会儿，他们的话题自然又转到了澡堂上，百合讲了讲自己盖澡堂、开小卖铺、安公用电话的事儿，下一步还打算开个车马大店的想法。还说自己挺有信心，就是对开澡堂心里也没底儿，不知自己的想法行不行，切不切合实际。

邵瑞当即给她讲了两个故事：

一个是海岛的故事。说一个推销员到一个海岛上，一上岛发现全海岛的居民全光着脚，连一个穿鞋人也没有，他大失所望，马上打道回府，结果是一双鞋也没卖掉；另一个推销员到岛上发现这一情况后，欣喜若狂，马上运进了大批的鞋子，他觉得这个市场太广阔了，结果发了大财。

另一个是卖梳子的故事。说一个推销员到庙里向和尚推销梳子，有人取笑他说简直是疯子，和尚头上连一根毛都没有，用梳子干啥？没想到这个推销员用了三个策略，梳子就被和尚跟香客们抢购一空。一是他对和尚讲，头上虽然没有头发，但用梳子梳头皮，可以舒筋活血，延年益寿；二是佛门讲有即无，无即有，用梳子梳光头，阐明有发即无发，无发即有发的佛教思想；三是让和尚把梳子在佛像前的香火上熏熏，同时击鼓摇钟诵经，即代表这梳子已开了光，沾了佛气，谁用会保佑谁，再向香客们推销，虔诚的香客们蜂拥而上，一抢而光。

这两个故事一席话，正跟百合在穷山村开澡堂的境况相吻合。邵瑞那流畅的话语，渊博的知识，通俗易懂的道理，宛如一股电流，一下子击中了百合的心怀，她浑身上下一下子信心大增，佩服得邵瑞不得了，情不自禁地说："到底是有文化的人，到底是大地方来的老师！"

趁着高兴劲儿，百合兴致勃勃地领着邵瑞和马五六到院里参观一下她正在修建中的澡堂。

澡堂里的两个大水池都已垒起来了，地上堆的到处是砖头、木板和水泥，刘贵正领着几个泥匠，忙里忙外；宋根红把双拐立在一边，正坐在一把破椅上充当"总指挥"和监工的角色。赶巧了他妹子宋小蝶也刚从小煤窑上回村，正蹲在宋根红腿边，给他敲打按摩着。

百合忙把宋根红、刘贵、宋小蝶等人介绍给邵瑞，就走到宋根红跟前把宋小蝶替下来，边按边说："老宋的腿呀一遇到变天还有受凉就疼，这几天，小蝶正教给我她在矿上学来的按摩手艺。嗨，还别说，这一按呀，还真顶事儿，老宋就不怎么喊疼了。"说着，她又扭头对小蝶说："小蝶，你别在这忙乎了，你快回你家工地看看吧，这一起就是六间大瓦房，可不是闹着玩的，得盯紧点。"

这时，马五六也插嘴说："小蝶，你真是大能人呀，两年时间就能盖起六间大正房跟小南房小西房，这可是咱村头一份啊，佩服！佩服！"说着，他向小蝶伸出大拇指晃了晃。

宋小蝶的脸忽地红了，闪闪烁烁地说："这有啥，这有啥呀，不就是几间房子嘛，不值得，不值得。"

"行了，行了，"这时，百合对刘贵等几个招招手说，"别干了，歇会儿吧，喝口水再干。"

刘贵几个人也就走到水管跟前，就着水管咕噜咕噜喝几口凉水，再冲冲手上的泥巴，随意坐在砖块上，吧嗒吧嗒抽起了烟卷。

一时无话。

忽然，马五六这个闲不住的人又站起来说："哎呀，咱好长时间没听到刘贵的唢呐了，也没听到百合的好嗓子了。今儿个趁咱们大家高兴，抄家伙来上几段段哇，让咱们新来的邵老师也见识见识咱们这乡村的高雅，好不好？"

刘贵他们本来就累了，吹吹家伙也算是解乏。他扭头看了看宋根红，宋根红不知是今儿个心情好，还是不好驳马老师和邵老师的面子，竟也是兴奋地点点头，说："行，行，来两段，我来打小锣。"

"好！"马五六觉得脸上有光，马上就起来帮刘贵进屋里拿出了锣鼓、二胡、唢呐等乐器，自己还亲自操起了二胡。

简单定了定音，几个人便吹拉弹唱起来。百合边敲小鼓边唱起她最爱的一首歌:《不白活一回》。

> 不白活一回，凤飞彩云追，
> 不白活一回，雁叫鸟相随，
> 不白活一回，金翅那个鲤鱼敢玩水，
> 不白活一回，大鹏腾空往高飞，哎。
> 活就活他个船撑浪，
> 活就活他个龙摆尾，
> 活就活他个云生霞，
> 活就活他个地增辉，
> 不白活一回，活他个拼命三郎才有滋味。
> 不白活一回，苦也不觉得累，
> 不白活一回，难也吓不倒谁，
> 不白活一回，姑娘那个小伙撒欢美，
> 不白活一回，一辈一辈胜一辈，哎……
> 活就活他个老变少，
> 活就活他个瘦变肥，
> 活就活他个穷变富，
> 活就活他个虎生威，
> 不白活一回，活他个心想事成笑声脆，
> 笑声脆……

邵瑞被这原汁原味的乐音和歌声感染了，他感觉到骨子里有一股股热浪在旋转升腾，刺激和敲打着他那近似麻木的神经，他再也矜持不住，顺手提起躺在地上的梆子，一边有节奏地敲打，一边也和着百合唱起来。百合一见邵老师这么随和，边唱边用亮亮的眼睛瞄了他几眼，那目光含情带笑，邵瑞一下子觉得今天的阳光怎就那么明媚呢？

一伙人嘻嘻哈哈，说说笑笑又唱了几曲当地流行甚广的《挂红灯》、《五哥放羊》等。最后，邵瑞、马五六虽兴犹未尽，还是主动告辞，跟百合一家人打个招呼出了大门。

在回学校的路上，马五六又给邵瑞讲起了百合家的陈年旧事儿。那刘贵本是个有点文化，也有能力的人，可自幼他父母双亡，他作为长子，又当爹来又当娘，硬是把他下面五个弟妹全抚养成人，他省吃俭用帮衬着给弟弟们都成了家，却耽搁了自己，快到四十岁了还未成家。

刘贵家与百合家一墙之隔。在田地营生上、生活上免不了常来帮忙，日子常了，俩人便有了感情。当宋根红一家实在撑不下去，要找拉边套过日子的人时，百合便首选了刘贵。听说当时村里的田福寿也穷，也没娶媳妇，也主动找百合，要求到她家拉边套。虽然田福寿的能力要比刘贵大，可百合还是挑了刘贵，一来她知道刘贵是真心喜欢她，二来刘贵人性也好，不至于欺负宋根红一家老小。还有个原因是刘贵是个鼓匠班主，有一帮吹鼓手，整年帮四里八村的乡亲承办红白喜事，每年都能挣几个现钱儿，更主要的是百合太喜欢拉拉唱唱的了。起先，鼓匠班没有唱的习惯，唱山西梆子整本戏，主要角色的唱腔全由乐器来代替。后来，鼓匠也改革了，每班都增加了歌手现场演唱，百合就作为本团的歌手参加演出了，整日里吹吹打打，哼哼唱唱，再难的日子也过得挺快，再苦的事情也都暂时抛到了脑后。

另外，据当时人讲，百合其实不太愿意招边套，因为她妈就是招边套的女人，自己再招，怕让人家讲笑话儿。可不招边套，许多男人苍蝇蚊子似的一个劲儿地往她身上叮，为了避免众人的骚扰麻烦，她也就同意招一个边套来堵众人的胃口。

后来，马五六又特意提起百合爱唱的习惯，是打小就有的。听说小时候帮她妈干活，边干边唱，唱着唱着就忘了手中的活计，常因耽误活计遭她爹她妈的打。可她又是记吃不记打的性格，前边打完后边就又忘了，照唱照挨打，气得她妈常骂她，真是个没心没肺的东西。后来，百合长大了，常把吕明早年送给她的一个小收音匣子带在身上，就在锄地的时候，也要挂在脖子上，边干活边听收音机，还跟着匣里的人唱个不停。有几次，唱着唱着就走神了，一连砍断好几根玉米苗，回过神来忙从苗稠的地方挪几根过来补上了，才免遭一顿家人的臭骂。

邵瑞听着，不由得嘿嘿笑了起来，马五六愣愣地看着他笑，过了一会儿，马五六叹口气说，"你别以为百合就知道乐呵，她心里的苦多着哪，有谁知道？只有她自己清楚。"

快到校门口时，马五六忽然想起了什么似的说："邵瑞，你今天看见了那个宋根红的妹妹宋小蝶了吧？"

邵瑞点点头，不知马五六为啥单又提她。

"告诉你吧，燕百合就是跟宋小蝶换的亲。"

"跟她换的亲？"邵瑞一时没完全反应过来。

"对"马五六点点头，又进一步说明，"也就是燕百合嫁给宋小蝶的哥哥宋根红，宋小蝶嫁给燕百合的哥哥燕忠，明白了吗？"

"噢，明白了。"

走进了校门，邵瑞又忍不住说："看来，宋小蝶换亲还换得挺称心，你没听说人家一次就要盖六间大瓦房哩，那可真不容易。"

"是，是不容易。"马五六不冷不热地说，迟疑了一下，他又神神道道地压低声音说，"不过，说不容易也容易，容易不容易也只有她知道。"

邵瑞还想探个明白，可一见到了教室门口，孩子们多了，说话就不方便，他忍了忍，没再问。可心里的疑问一个比一个多，一个比一个大了。

六　小媳妇情变

春末夏初之际，风沙渐渐小了，绿意慢慢显露出来。其实，熟悉黄土地的人们都知道，这里的冬季和春季基本上是合二为一的。再细一点讲，高原上的春季实际上是被包含在冬季里了，这里的人们只能看到春的尾巴，多半个春天是在风沙和飞尘中度过的。当地村民形象地说，这里的春天是用风刮出来的。当遍野的荒草、树枝及土地被狂风吹得唇干舌燥、似醒非醒时，几场小雨及时给她们洗了脸，润了色，于是，星星点点的嫩绿便悄然在原野上串成片连成行，像绿波一样弥漫荡漾开来。不管在山脊上还是在沟底里，一样绽放出笑靥。

宋小蝶伫立在自家正在施工的六间瓦房前，心里溢满了幸福与满足。一下子起六间大瓦房，这在过去的地主老财们都不敢想。整个房子全是钢筋、水泥打梁，一色砖块起墙，碗粗的木头作橼，腰粗的整木做领，红瓦盖顶，瓷砖贴面，连院面将来都准备用水泥硬化，难怪村人眼红得快滴血呀。

想一想过去，再看一看如今，宋小蝶的心中便涌起层层酸甜苦辣的波澜……

儿时的宋小蝶颇有心计，那时家里太穷，过八月十五时，妈给她跟宋根红每人两个冰红果。宋根红抓起两口就吃了，她却舍不得吃，自己找来些丝线，自己编了个小果笼，把冰果子放进去，挂在胸前，连走路都时不时地闻一下。小伙伴们见她每天果笼里都有俩小果，就问你怎每天都有俩呀？她头一摆说她家多的是，引得小伙伴们一阵羡慕。一直等到果子快软了臭了，她才一小口一小口地咽掉。连小学的教师都说：将来宋小蝶长大了，一定是个有心眼爱面子、很能干的女人。宋小蝶心里也对未来的生活充满了向往和自信。

谁知她自己的命运并不掌握在她自己手中，当媒人向她们和燕百合家两家提出换亲的那一刻时，小蝶同百合一样，俩人心里的火焰被当头浇了一盆凉水，从头凉到了脚底板。女大了嫁人也不怕，是女人都得过这一关，可她知道，燕忠是个半傻子，虽说还不至于傻到喝尿吃屎，却也别指望他能顺顺当当地从一数到百。据老辈人讲，燕忠是王兰英和燕春雷的酒后产物，罪过也只能落到燕春雷头上。但当她回头看看哥哥宋根红支着副拐架，求生不好活，求死不能成，在寒风里颤颤巍巍发抖时，她只能双眼一闭，随着豆大的泪珠从脸颊上滚下，她心里也轰然回响起三个字：认命吧！

成婚后，宋小蝶入主燕家，燕百合搬到了宋家。两个漂亮女人同时嫁给两个残废，我不嫌你驴丑，你也不能嫌我猪黑，谁也未占便宜但谁也不吃亏，倒也相安无事儿。反正有两个女人在维系，牵制着，摇动辘轳桶动弹，谁也不怕谁嫌，谁也不怕谁跑，两个紧箍咒两道双保险，日子反倒安稳无比。只是换亲这把锯在两个女人心中，你来我去，我去你来地来回拉扯，锯了多深的伤口，流了多少的鲜血，只有她俩清楚。反正外人也只是叹口气说声：真是两朵鲜花插在了牛粪上，又让猪给拱了。

嫁到燕家后，宋小蝶感觉到日子越过越难了。燕家人多地少，收入微薄，窑洞也少，两户人家挤在两孔窑洞，加上一个婆婆两个公公，做起事儿真不方便。两条炕中间只隔一个堂屋，夜深人静，稍有风吹草动，全听得一清二楚，让人直羞得黑灯瞎火也得自个儿捂住自个儿的脸。

尤其是那燕忠，你说他半傻吧，男女之事却一点也不傻，而且是无师自通，加上精力旺盛，每天晚上都要把小蝶折腾得咬牙切齿，他自己也兴奋得吱哇乱叫。小蝶用手掐他叫他小声点，他反而高声嚷嚷：你掐我干啥？干啥要小声呀？我舒服嘛！不让我叫，你想憋死我呀。把小蝶气得只能用被子蒙住头哭泣流泪，很少体验到男女间的欢愉。

后来，小煤矿上跟哥原先干活的一个工友来看哥，无意中说起矿上许多新鲜事儿，小蝶心里活动开来，在哥哥那个工友的帮助下，她与燕忠一块来到小煤矿边上，租了一间小屋，摆弄起了凉粉摊。

那燕忠虽是半傻，却旋得一手好凉粉，这都是他爹燕春雷走南闯北学下的手艺，还愣是教会了燕忠。你说燕忠半傻也有半傻的好处，他只要学会了，就始终按工序一道一道做下来，既不会偷工减料，也不会耍奸取巧，凉粉的质量始终保持稳定。宋小蝶手巧脑子活，她自己给那凉粉倒上陈醋，配上豆腐干条条，抓一把莲花豆，舀上辣椒油，再点缀上香菜叶，一碗香喷喷、凉爽爽的凉粉就做成了。有的还外加个茶鸡蛋，再斟上二两小烧酒，直吃得姑娘媳妇喊香，小伙子后生叫爽，老头老太太说棒。从此，"小媳妇凉粉"叫响了这个小煤矿的角角落落，不少矿工出井后连澡也顾不得洗，径直到小媳妇凉粉摊前先吸溜一碗，吃着香甜的凉粉，瞅着好看的媳妇，真叫人从嘴爽到心肝肺。他们吃着喝着，大声说着井底下矿工们交流的荤话黄段子，感觉过得已是神仙的日子。

时间长了宋小蝶发现，这期间有一个干部模样的人很喜欢吃她的凉粉，但从来不像那些矿工讲脏话，听荤段子，只是静静地品尝。有时还经常打包带凉粉回去，也不知是给父母吃，还是给她媳妇吃。宋小蝶打心眼里羡慕这个人的媳妇，真有福气，遇上这么好的男人。

随着"小媳妇凉粉"知名度的扩大，宋小蝶招惹的麻烦也越来越多，这让她始料不及。有的大饭馆客人点"小媳妇凉粉"，他们就让人出来买，有些干脆用桶提，可他们很少给现钱，都推说大饭店一般很少使用小款现金。等积攒了几百块，小蝶去要账，他们一副店大欺客，财大气粗的样子。说就为区区几百块钱，值得一结吗？等攒多了一次性再给，省得麻烦。不给钱还摆出一副大人照顾小孩业务的派头，让小蝶感谢他们，还不能添麻烦。还有那些街头的小混混，吃完凉粉把嘴一抹，抬腿就走人，小蝶想拦住跟他们要钱，反被他们攥住手不放，还色迷迷地挑逗小蝶说凭啥给你钱？想挣钱，可以呀，陪哥们上床玩玩，肯定给你钱，直气得小蝶眼泪汪汪。

因此，表面上看小蝶的凉粉摊生意不错，实际上饭店的赊欠压得她难以周转，小混混的骚扰也让她心惊胆战，更凶险的是来自同行的嫉妒和诽谤。那些同行为偷取小蝶的手艺，常扮作普通吃客来研究"小媳妇凉粉"的秘密。可他们尝来品去，就是摸不准"小媳妇凉粉"为啥这般好吃，认为小蝶无非就是把粉旋好，舍得放调料，多倒油就行。于是他们照猫画虎，猛下调料，咬着牙多倒油，可顾客们反倒被辣得直呵嘴，都直喊油大反胃直呕吐。那些同行一怒之下，就造谣说"小媳妇凉粉"里面掺了胶水，筋道得成了连鬓胡吃麻糖用手都撕不断；有的还说调料里偷放了洋烟壳，让人越吃越上瘾。其实小蝶的秘密很简单，她只不过是把辣椒油用上好的鸡油调成，而别人只是用麻油泡辣椒。就这儿点秘诀，怎么也算个商业秘密吧，她怎能拱手相让给这些无理取闹的同行们呢。

那是一天中午，烈日当头烘烤，"小媳妇凉粉"摊生意比头顶的太阳还火。小蝶一边忙着给顾客捞粉，切腐干，配调料，一边还与老顾客们笑盈盈地打着招呼。今天那位干部模样的人也来了，小蝶就把粉切得格外匀称，豆腐干切得特别细致。这时，忽然从路边冲出一辆标着工商管理字样的吉普车，嘎吱一声猛地停在小蝶的摊前，接着从车上冲下三四个头戴大盖帽的人员，围上来一脚就踢翻了盛粉的水桶，软溜溜的粉条霎时就爬满一地，活像离了水的乌贼鱼的长须。接着抓起水桶、盆碗乒乒乓乓就往吉普车后的工具箱上扔，小蝶吓得尖叫一声就跌倒在地上。这时，只见那干部模样的人猛地站起来喝问："住手，光天化日，你们抢劫呀？"

"你少管闲事儿，我们是在执行公务！"一个小青年气势汹汹。

"执行公务也得讲究方法吧？这打打砸砸的简直像土匪嘛。"

干部模样的人一点也不怯场，他眼盯着执法人员问："请问，她犯了哪条王法？"

"据群众举报，她一没办执照，二在粉里掺胶水，三在调料里煮洋烟壳。"执法人员振振有词。

干部模样的人一听，手指着被砸得七零八落的凉粉摊大声说："没执照可以让她补，至于掺胶水，放洋烟壳，你们看见了？还是调查清楚了？总不能不问青红皂白就出手砸摊吧？"

那几个执法人员一看说不过这管闲事的人，忙跑回吉普车里像找人汇报去了。不一会儿，从车上又下来一位中年大盖帽，他耷拉着脸准备发火，忽看见干部模样的人，忙迎上前笑着说："哎呀，是廖队长，真不好意思，这几个年轻人，不认识您，千万别见怪呀。"

被称做廖队长的人扭头一看，也笑了："原来是王股长，不好意思，只是你的这些年轻人也太……"

"也太野蛮了。"王股长忙接过话茬，又忙对手下那几个人说，"还不快向廖队长赔礼道歉！"

"那倒不必，那倒不必。"廖队长摆摆手很大度地说。

"廖队长，"王股长把廖队长拉到一边，附在耳边说，"这是您亲戚呢，还是……"

廖队长转过头，见宋小蝶正可怜巴巴地盯着自己，好看的眼神流淌着惊慌无助与期盼。

"是个亲戚。"廖队长出人意料地说，"王股长请关照一下吧。"

"得，好说好说。"王股长一个劲地点头，"过几天，我们先给她办个执照，这样就合理合法了。"

"让她自己去办吧。"廖队长客气。

"别，别，这也算我们上门服务吧。"王股长笑着说，"这也是工商部门一项便民措施呢，您就放心吧。"

王股长一伙跟廖队长打过招呼，就开车走了。

宋小蝶眼含着泪走近廖队长给他深深地鞠了一躬，廖队长忙说："别这样，别这样儿，你赶紧收拾收拾吧。"就完，人就转身走了。

事后，宋小蝶经多方打听才知道，那个廖队长是矿上专管工程的队长，名叫廖大同，在矿上是个实权人物。那个王股长的兄弟正在廖队长的手下工作。

就这样，宋小蝶的"小媳妇凉粉"在矿区一带的名气更大了。工商局给她补发了营业执照，饭店的凉粉钱也逐渐还清了，小混混们吃凉粉也学会掏钱了。同行们一看人家背后硬有人撑腰，也不敢随便给小蝶脸上泼脏水了。小蝶初次享受到有人关照的甜头。

凉粉摊扎了根，生意越做越红火，实在忙不过来，宋小蝶就雇了两个帮手，自己主管调料和收钱，钱越挣越多，自己反而轻松了许多。她每天在家里精心打扮一番，才来到凉粉摊，嘴上在招呼客人，眼睛却瞟着廖大同常出现的街道，心里无缘无故的跳得厉害。廖大同倒是该来就来，说吃就吃，只是他的每次到来都会让宋小蝶越来越感到手慌脚乱，再也没了以前的矜持和从容。有时廖大同吃完凉粉，宋小蝶总会推脱不想要钱，但廖大同总是照付不误。

一天，矿上的食堂采购员来到凉粉摊上，通知宋小蝶每天中午专为食堂送三百份凉粉。宋小蝶一听觉得头都大了。天哪，三百份得做多少粉才够呀，但她还是抑制住欣喜，悄悄去同行那里拉了几个人过来，家里一摊甩开膀子做粉，街上一摊扩大规模卖粉。宋小蝶干脆当了甩手掌柜，除了每天晚上收款结账，其他的都让别人去干了，整日里轻松自在，实际上她心里对廖大同的感激之情愈来愈浓烈了。她自己知道再不释放一下，迟早会要憋破爆炸的。一个中午，廖大同吃完凉粉后离开，宋小蝶便跟着他走进了一条小巷，宋小蝶见四下没人追上廖大同，红着脸说啥时方便想去队长家看看，廖大同马上说家里不太方便。小蝶一听干脆把装有人民币的信封塞进了廖大同的衣袋，廖大同却又掏出来轻轻放进小蝶的口袋，说："这样就见外了，你挣点钱不容易，快收起来吧，啊，听话。"说话，在她肩上轻轻地拍了拍。宋小蝶感觉到自己的眼泪都快涌出来了，说不清是感动还是无奈。

日子一天天过去了。宋小蝶的街头帆布小地摊消失了，"小媳妇饭店"在马路旁的两间平房开业了。宋小蝶摇身一变成了饭店老板，除了保留特色品牌小媳妇凉粉外，她还增加了羊蝎子、五香兔、刀削面以及各种小炒菜。"小媳妇饭店"逐渐成了矿区一景，来的人杂了，各种新闻也多了，许多精彩的故事也就开了头。

不知从啥时开始，宋小蝶发觉了一个怪现象，每月快到矿工发工资日时，来饭店吃饭的矿工就多了起来，一些本地或外地来饭店吃凉粉的女人也迅速地多了起来。这些男男女女筷在碗里乱搅，眼睛也在滴溜溜乱转。男的看女的一眼，女的朝男的一笑，神色怪怪的。有时候，吃着喝着，几个男的乘着酒性，用筷子敲着碗，唱起了荤曲曲儿。

唱着哼着，这些男人、女人就相互挤眉弄眼，然后就陆续离开饭店走了。后来，宋小蝶听人讲，每到矿工发工资的日子，周围大小旅馆就住满了出门上山的女人。夜幕降临，这些女人就跟矿工们成双配对，滚战一夜。第二天清晨，又都腰里别着一卷钞票，成群结队地离开。

后来，听说当地派出所专门在这个时间段扫黄，矿外的旅馆不敢住，就纷纷转移到矿区内，但矿区内也加强了警戒，一般不认识的女人不让进矿区大门。一天黄昏，小蝶哥哥的那个工友领了几个女人来找小蝶，说是矿上家属，忘带证明了，请小蝶给送进矿区大门，他们听说小蝶跟看大门的人熟悉。小蝶心里琢磨着是家属怎她们的男人不来接？但碍于工友的情面，她还是起身出门把几个女人送进了大门。

次日早上，那几个女人睡眼惺忪地走进"小媳妇饭店"，见到小蝶便每人递给她五十块的钞票。小蝶一时弄不清啥意思，忙又推给她们，想不到她们说这是规矩，你不收就是看不起她们，说完就匆匆走了。

宋小蝶手里摆弄着那几张五十元的大票，心里感到一阵兴奋与迷茫，她心里一个劲儿地问："怎还有这么好挣的钱？这钱是给我的吗？"她想着抬头环视了一下四周，再没别人，不是给她的还能是给谁的呢？她摇头笑了笑，就顺手把钱塞进了口袋里。

过了一段时间，哥哥的工友又来到饭店，请她找五个女人送进矿区大门。宋小蝶就领了五个找上门来的女人，很自然地以送饭的名义把她们送进了矿区宿舍楼。

就在宋小蝶返身走出矿区大门时，忽然看见廖队长摇晃着向她走来。还没靠近，她看见廖大同忽地扑倒在地，小蝶急忙跑过去，发现廖队长原来是喝醉了，一身的酒气。她费了好大劲儿才把她扶起来，扶着他向矿区内走去。

廖大同虽然喝醉了，可还能找到他宿舍的门，宋小蝶刚扶他进屋，廖队长就吐了个一塌糊涂，地上桌上身上，满是呕吐出来的脏物。小蝶使出吃奶劲儿好不容易扶他倒在床上，他便呼呼大睡了。

宋小蝶见他醉得不省人事，怕他一个人待着出事，便决定留下来陪他。把屋里吐的脏物打扫干净，把他吐脏的衣服全都洗了，她自己的衣服也被他吐得一身酒气，想洗一下又怕干不了，没衣服换，只好勉强穿着。

半夜时分，她听见廖大同说梦话："他娘的，你连个男娃都养不出，还敢说老子的种不好？你他妈的就不说说你那块破盐碱地？"

宋小蝶听了觉得好笑，后来她实在撑不住了，就伏在他床边迷糊了。睡了一会儿，宋小蝶被身上的臭味呛醒，她忙站起身来，走进洗手间想用湿毛巾擦一擦，当她发现里面洗澡的设施挺先进的，便有了舒舒服服洗上一澡的冲动。

当宋小蝶擦着头发走出洗手间时，猛地发现廖大同已清醒过来，正倚在床上望着她这朵出水的芙蓉。她手托着毛巾走近他，想给他擦脸，却被他一把紧紧抱在了怀里，两个人积压了许久的岩浆终于喷发了。

当俩人赤身裸体交缠在一起时，宋小蝶禁不住浑身战栗起来。仗着酒劲儿的廖大同在她的花丛深处左冲右突，翻江倒海，宋小蝶感受到了一种前所未有的眩晕，她觉得自己要飞起来了，飞着，飞着，她觉得自己忽地飞上了一座尖峰，又猛地跌落在山谷，禁不住发出一声尖利的喊叫：啊……

七 血染高粱红

别人都盼过礼拜天，邵瑞却最怕过礼拜天，他觉得礼拜天最难熬。孤独冷清，偌大的校园，除了小鸟偶尔蹦蹦跳跳地来光顾一会儿，很难再见到什么人物。噢，对了，有几次来过几头猪，都让邵瑞给赶跑了。

这个礼拜天，说啥也不能自己过了。星期六，邵瑞就和吕明、马五六说，礼拜天他准备几个酒菜，请他俩来学校喝酒，两人当时就很高兴地答应了。可到了礼拜天，只有吕明一人来了，马五六让他老爹抓差，进城卖绿豆去了。

酒菜其实也简单，就是邵瑞到小卖铺买了一块猪头肉，两袋花生米，几块豆腐干。不过，这在村里面已很丰盛了，用村人的话说，就相当于过年了。

今天阳光真好，也没有风，两人就找了一张旧报纸，坐在了校门口外的台阶上。一人端了一碗二锅头，眼望着村里高高低低的窑洞，边喝边聊起来。

喝着喝着，两人就有点晕了，聊着聊着，话题就有意无意地聊起了百合家的奇闻怪事来了。

吕明也就向邵瑞敞开了心扉，他告诉邵瑞，自己跟百合有过一段揪心的爱情……

燕百合是王兰英跟陆苗旺亲生的，陆苗旺是个拉边套的，在家处从属地位，百合在兄妹中间，自然也高不到哪里去。家里穷，再加上她是个女孩，只念完小学五年级就被燕春雷从学校里拖出来，在家哄弟弟，出村拔猪草。

用燕春雷的话讲，一个女孩子，能识个头迎上下就不赖了，他斗大的字儿不识半升，也照样走南闯北。

其实，老师们都说百合是个非常聪明的孩子，不能继续读书实在可惜了。百合爱念书，可念不成书，百合爱学文化可自己没学到文化，她就特别喜欢有文化的人。吕明跟百合同年上下，又是小伙伴们中间唯一考上县高中的文化人，百合就喜欢上了吕明，吕明也喜欢美丽纯洁的百合。

那是一个闷热的夏天，劳作了一天的村民吃完晚饭，纷纷走出窑洞到打谷场乘凉。女人们围坐在一起家长里短，拍拍打打，嘻嘻哈哈；男人们在太阳熏烤了一天的热地上，横躺竖卧，说笑话儿荤话。手抠臭脚丫，嘴里还谈论着所谓的国家大事儿。娃娃们嫌黑灯瞎火的，就以熏蚊子为由，点燃了编成长条状的蒿草，手舞着冒着浓烟的蒿草把，乱叫乱跑，熏得蚊子直打咳嗽。忽然，有个孩子跑进人群报告，说粮站里的电视机正演特别好看的小电影，叫做《霍元甲》。于是，大伙纷纷爬起来，拍拍屁股上的土，一窝蜂涌进粮站去看电视。那时全村只有三台电视机，一台是粮站的，一台是供销社的，一台是公社的。粮站干部没料到一下子涌进这么多村民，也不好再轰出去。都在一个村待着，抬头不见低头见，拉不下那个脸儿，就凑合着让他们看了一晚上，这其中就有混在女人堆里的百合，也有回村过暑假的吕明。

第二天晚上，村民们吃完晚饭，又都早早赶到粮站门口，想进去看武打片。可没料想，粮站的工作人员早早地把大铁门关了。意思很明显就是不让村民们进去看电视了。乡亲们大怒，他们昨晚已看上了瘾，霍元甲抓住了他们的心，陈真已揪住了他们的肺，不让他们看，还不憋死！于是一伙人上前敲门。

敲了一阵儿，只听里面有人说："粮站是粮仓重地，闲杂人不能进来！"

"闲杂人？"村民们更怒了，"啊，现在我们是闲杂人了，那交粮时我们就不是闲杂人了？没有我们种粮，哪有你们粮站？"

"不跟你们闲扯！再说，你们这帮睁眼瞎，除了看个红火热闹，还能看懂个啥？趁早回家抱枕头去吧。"

这句话又惹恼了村民，他们一见粮站真的不让看了，也就不抱啥希望了，干脆一不做二不休，扳倒葫芦洒了油，不让我们看，你们也看不好。于是，村民们捡起石头，朝大铁门一顿猛砸。

粮站的人就提着手电筒和看库用的狼牙棒追出来，村民们就作鸟兽散。

吕明笑着说，农民就是一点组织性也没有，叫人一冲就冲散了。

头天晚上被冲散了，第二天晚上村民们又来了。反正他们闲得无事可做，只有这猫捉老鼠的游戏，才让他们感到刺激和兴奋，于是战争又开始了。

门外村民们砸门，里面的人冲出来，人们就轰地一下跑个精光。过了一会，粮站的人刚回去，村民们又窜出来砸门，里面人又冲出来，村民们又迅速隐蔽起来。就这样，里面电视机演的霍家枪对赵家刀，外面演的是村民智斗粮公所。整个晚上，喊叫声里外响成一片，闹得一片乌烟瘴气。于是，在一片混乱中，有的男人就趁机摸了女人的奶子，有的女人大胆就捏了男人的裤裆。反正黑灯瞎火的，谁也看不清谁，摸就摸了，捏就捏了，有的还想摸，还想抱，就被追来的"敌人"冲散了，只剩下一片心跳和喘气声了。就在大人和小孩子每天上演着"成人游戏"时，吕明和百合的手趁势握在了一起，稍稍一拽，就拽出了人群，拽进了村边的高粱地里，俩人的爱情就随着高粱秆的拔节展叶儿，咯吱吱地成长起来。

在月明星稀的高粱地里，百合偎依在吕明的怀里，眼望着亮亮的星宿，她幸福地低声哼唱着情歌：

> 想亲亲想得俄手腕腕软，呀胡嗨，
> 拿起个筷子俄端不起个碗，呀儿哟。
> 想亲亲想得俄心花花乱，呀胡嗨，
> 煮饺子俄下了一锅山药蛋，呀儿哟。
> 想亲亲想得俄眼花花茫，呀儿哟，
> 蒸莜面俄坐在了水瓮沿，呀胡嗨。
> 想亲亲想得俄迷了窍，呀胡嗨，
> 吹火火吸了住那火苗苗，呀儿哟。

"哎呀！"吕明趁机扳过百合的嘴，说："烧那儿？让情哥哥看看。"说着，捧住百合的嘴就亲了个不透气。

俩人叽里咕噜亲了好一阵儿，百合实在喘不过气了，才使劲把吕明的嘴推开。百合还不依不饶，说吕明欺负她，非要吕明唱个歌儿来赔偿。

吕明想了半天，实在不知唱什么，他知道，在百合面前唱歌还不是班门弄斧？可百合不依，吕明抬头看见了星星，就想起了村里老人常唱的一首歌：

墙头上跑马一搭搭手高，

人里头挑人呀就数妹妹好。

路畔上长得一苗灵芝草，

谁也比不上妹妹好。

九天的仙女俄不要，

单爱小妹妹好人才。

满天星星一颗呀明，

十万个地方挑中你一人。

唱着唱着，吕明的手就悄悄伸进了百合的胸前，想摸一摸百合的小"馍馍"，被百合一把打掉了："干啥？"

"想，想吃吃你的小馍馍。"吕明嬉皮笑脸，一副无赖相。

"吃啥吃，等蒸熟了再吃。"

"哎，熟了就开花了吧？我还得在上面描两个红点点吧。嘻嘻。"

"用你描？那上面早就有两个红点点了，嘻嘻。"

俩人笑得在高粱地里直打滚，压断好一片高粱秆。

就在百合的爱情梦做得正绚烂多姿的时候，一天她忽然被爹妈叫进窑里谈了一次话，中心思想就两个字：换亲。百合当时愣住了，当着爹妈的面，半天没言语，回到自己的窑里，她扑在被窝堆里，用被子蒙住头大哭一场。等她从窑里出来，迎着爹妈可怜又内疚的目光，她咬住牙点头。

吕明得知这一消息后，专门从学校跑回村，他让百合的小弟燕权把百合叫出来，一前一后钻进了他们约会的老地方高粱地里。那时分，天已近黄昏。

吕明和百合呆立在高粱地里，一时竟相对无语，只有泪珠在悄然滑落。天空中红红的晚霞映得百合脸也通红通红，一道道泪痕也被染成红色，犹如一条条血痕。

"你，你怎能换亲呢？"好半天，吕明才愤愤开了口。

"我想换亲？谁想？"百合把脸扭到了一边。

"你不知那宋根红是个残废吗？"

"可我也知道我哥是个半傻子。"

"你想过吗？"吕明伸出双手晃着转了一圈儿说，"你换亲往后的日子怎过呀。"

"我早想过了。"百合叹口气，"我还想过了，我不换亲，那我爹妈、我哥这一辈子怎过？"

"不，不行！"吕明随手折断了一根高粱，"咱俩跑，跑得远远的。"

"跑？"百合苦笑着摇摇头，"往哪儿跑？你不念书了？不念书你就是个废人。"停了一会儿，她又说，"再说，我跑了，那宋小蝶还能嫁过来？那我妈、我哥，还能过吗？"

"你是不敢跑？"

"我不敢跑？跑有啥？我死都敢死，可我不能死呀！我死了我爹娘、我哥，还能活吗？"

"你老想着你爹妈、你哥，你想过你自己吗？想过我吗？"

"想过，都想过。"百合凄然一笑，"可想过又有啥用呢？"

"你……"吕明还想说什么，就让百合用手捂住了嘴，"吕明哥，啥也别说了，没有用，这都是命啊！"

吕明一把就紧紧抱住了哭成泪人儿的百合。

过了好一阵子，百合忽然用手擦了擦脸上的泪痕，忽眨着毛眼儿努力笑笑说："明哥，我再给你唱首歌吧。"

"啥？你还有心思唱歌儿？"吕明睁大了双眼。

"对呀，这时候才最想唱歌，唱出去才通气敞亮。"说着，她抬头眺望着天上的彩云，轻轻地低声哼起来：

> 甜不过那冰糖辣不过蒜，
> 好好的朋友鬼打呀散。
> 雹旦旦砌墙冰盖呀房，
> 露水的朋友呀不久长。
> 大大的灯盏满满一灯油，
> 长长的捻子呀燃不到头。
> 大菽荠开花呀长扎根，
> 牵牛花开花呀一早晨。
> 穿衣镜照人呀真又真，
> 花篮篮打水呀一场空。

百合似乎累了，她软软地靠在吕明的身上，喃喃地问："明哥，你说这世界上最高兴的事是啥？"

"……"吕明一时摸不着头脑。

"就是能把自己最宝贵的东西送给自己最爱的人。"百合绵声细语地说。

"再问你，世上最难过的事儿是啥？"

"……"吕明还是想不出来。

"就是没把自己最宝贵的东西送给自己最爱的人。"

啊，吕明仿佛一下子明白过来了，但他仍站着未动。

这时，百合见吕明还傻愣着，就猛地站起身来，发疯地用腿扫脚踢胳膊压，很快就扑倒了一片高粱秆。红的穗绿的叶紫的秆交织在一起，就像天造地设的一张花床。

百合边脱衣裳边慢慢躺在了这张大花床上。等吕明一转身，惊呆了，他看见一条白玉般的美人鱼，静静地躺在绿水红花之中。

不知过了多久，吕明从百合身上爬起来，跪在百合的两条大腿中间，他看到了百合身下绿叶黄秆上的鲜红。百合静静在仰躺在高粱秆上，安详地闭着眼睛仿佛已酣然入梦，嘴角微微一抖，颤出个迷人的笑靥。吕明伸出手指在绿叶上蘸了蘸百合身体下的殷红，慢慢举过头顶，他看到了天上的残阳如血，也看到了地上血如残阳。蓦地，太阳落山了，百合横陈的玉体与吕明高举着手指仰望着天空的剪影，仿佛变成了两墩黄土的雕塑，随着光线的逐渐暗淡，渐渐被淹没在青纱帐的风波浪涌中……

讲到这儿，吕明已是满眼泪花，他一仰脖吞下了大口苦酒。

邵瑞点了支香烟，紧吸一口又长吐出一口气。也许是吸得过猛，烟气钻进了肺管，他禁不住捂住胸口咳嗽起来，直咳得胸中隐隐作痛。

"后来呢"？邵瑞沉默了一会儿又问。

"唉，"吕明叹口气，"后来听说宋根红发现百合不是个真姑娘，就逼问她。"

"百合怎讲？"邵瑞的语气有些担心。

"百合说小时候上树被树枝挑破了。"

"嘿嘿。"俩人不由地一笑。

"再后来呢？"邵瑞又问。吕明看了他一眼，看得邵瑞有些不好意思了。

"宋根红倒不再说啥，可她妹妹宋小蝶听说了。很不平，她说她是真姑娘，百合不是，这不公平，她发誓要再找个男人干干，这样就扯平了。"

"是人们传说吧？"邵瑞有点不相信，这不是作践自己嘛。

婚后的百合，几乎没过上一天的舒心日子，尤其是招了刘贵拉边套后，宋根红的脾气越来越坏，处处跟刘贵较劲儿，大事儿小事儿都不放过。平时，家里吃饭，百合必须得先给他舀，再给刘贵舀，而且他必须拿家里唯一的一个蓝花大瓷碗。当然，如果吃肉，他碗里的肉必须得比刘贵多；代表家里去大队开会，给孩子开家长会，他一定亲自去，尽管拄拐杖十分不便。有一次他非要去给孩子开家长会，碰上下雨，他滑倒在雨水里，整整泡了两个小时，才被人发现抬回家来。过年孩子们拜年，哪家的小孩子来都首先得给他拜，有一次亲戚小孩来拜年，进门碰上刘贵，就先给刘贵拜了拜，宋根红只给他五毛钱，百合一看说不是每个孩子都给一块吗？这大过年的偏心眼让人家小孩妈怎看？宋根红态度很坚决，就给他五毛。最后百合只好在没人的时候悄悄给那小孩子又补了五毛。最要命是家里的财政大权宋根红亲自把持，整天抱着个没有几个钱的木匣子，一副当家做主的架式，连睡觉都搂着匣子睡。

特别是在性生活方面上，百合面临着更多烦恼与痛苦。宋根红在这件事上最不讲理的是，他要求百合每天必须先陪他。他自己又做不了，就发疯似的抓、掐、咬、挠，把百合折腾得身上紫一块青一块的。当百合伺候完他准备去刘贵的窑洞时，她都习惯要洗洗下身，就这宋根红也不高兴。他总觉得是百合嫌他脏，洗干净去为迎接刘贵。有一次他趁百合出去没注意，就把百合准备洗身子的盆调换成他的尿盆。百合洗着闻着不对劲儿，后才明白是宋根红使坏，一生气就把他的尿盆给踢翻了。

据村里听房的人讲，百合为了给刘贵生个纯种亲生子，连续半个月装病不让根红往身上爬，却连续半个月找机会与刘贵同床。最后终于怀上了刘贵的纯种，就是现在的宋成龙。也算百合对刘贵的一个报答吧。

邵瑞和吕明喝着，聊着。不知不觉两人都喝多了，两人就靠着墙皮，在太阳暖暖的抚慰下，呼呼昏睡过去……

八　处女浴趣事

在一片爆竹声中，燕百合的澡堂正式开业了。开业这天，澡堂周围热闹极了。村里人嘛，热闹本来就少，红白喜事，骂人打架都不错过，更何况是开澡堂这种稀罕事儿呢。于是，大人小孩蜂拥而来，有的趴在玻璃上往里瞭，有的在门口你挤我我挤你，谁都想看个稀罕，谁也不肯第一个进去。

百合放出话来，头三天，全村男女老少一律免费。这可让人吃惊不小，都夸百合有气魄，是个做大事儿的主儿。其实只有百合心里清楚，这主意是邵瑞帮她出的，让宋成龙回家悄悄告诉她的，新开的厕所还三天香呢，何况是洗澡。

有几个村民探头探脑地进了澡堂，望着热气腾腾、清格粼粼的满池子热水，谁也不肯第一个脱光屁股跳进去，你推我，我推你，挤作一团。这时，邵瑞进来，第一个脱光衣服，光溜溜地钻进水池，在池里一个劲地喊叫："哎哟，舒服，太舒服了。"众人一看，眼红得不行，都三下五去二扒光了衣服，涌进了水池，也都跟着吸溜吸溜地叫。一时间，澡池里大呼小叫，水花飞溅，热闹得快把屋顶给抬起来了。

邵瑞兴致也来了，他让大伙坐下，说："今天，我也开个荤，给大家讲个笑话。"

话说城里有一位小姐在游泳池里游泳，小裤衩突然掉了，浑身上下一丝不挂，她忙用手捂住了阴部，但捂的不严实，旁边的人都看着她大笑。小姐急中生智，忙从游泳池边上随手拔起一块小木牌挡住了阴部，没料到众人更笑，她低头一看，原来上面有字：此处深两米。小姐想：我这儿哪有那么深呀？就忙把木牌翻过去，谁料想上面也有字：大人五元，小孩三元。小姐心想：我就那么贱？气得把小木牌扔掉，又随手拔起另一块小木牌挡住阴部。谁想，上面还有字：节假日不休息。小姐想：那还不把我给累死？忙掉过木牌，不料旁人看了更笑得直不起腰，原来上面还有字：性病患者不得入内。

众人笑得直拍水花儿。

村里人尝到了澡堂的好处和甜头，全家老小挨着往里挤，一时间男女澡池子满得只能站着洗，池里池外到处是赤条条、白花花一片。宋根红守在澡堂门口，脖子上挂个小挎包，本来是准备收钱的，眼见这么多人进进出出，就等于一张张钞票进进出出，最后连一张钞票也没落进他的腰包，他心里气得直咬牙，一个劲地骂百合：都是这娘们的馊主意，干啥头三天就不收钱呢？妈的，看来这家还真的不能让她当家，让她做一次主吧，除了不挣钱还光赔钱。唉，难怪人常说：十个女人九个傻，差远啦！

村里的女人们更有意思，从澡堂子出来，头发湿漉漉的，凉凉的风儿一吹心情就格外愉快，她们三个一伙，五个一群，嘻嘻哈哈，也不管屁股后面还领着她们的小儿子、小女儿。

村长梁满仓也闻风赶来见识见识，他一进门就话里带刺儿，大概就是嫌百合开业没通知他，也搞个剪彩活动啥的。又没通知他第一个入池下水，享受干干净净的第一池水。

百合就说："其实第一池水不好。"

"为啥？"

"水不清，有红颜色。"

"红颜色？你说的是女池吧？"

"不是。"百合脸红了一下，"是水锈。"

"噢。"村长不再追问了。

村长洗完了，走出澡堂一看百合正在给宋根红按摩病腿，就也非要百合给他按一下，百合不愿意，说："我只会给病人按。"

"你就当我有病，还不行吗？"村长耍赖。

"你……"百合还要说啥，宋根红倒是怕得罪父母官，连忙爬起来，把那硬床让给了村长，对百合说："村长操心多，辛苦，就按按吧。"说完，宋根红拄着双拐出屋晒太阳去了。

"好，今儿个就给这个病人治治。"百合心里想着，手上就加大了劲儿，直捏得村长龇牙咧嘴，不住地叫："百合你跟我有仇怎的？下手这么狠呀，要捏死我呀？"

"你比臭虫还不经捏？不使劲，哪管用呢？那才是应付你哩。"

村长再搭不上话，疼得心里直叫苦。

捏着、捏着，村长的眼神就不对了，两眼直勾勾地盯着俯下身子的百合，目光在她胸前颤颤悠悠的"馍馍"上瞟了又瞟，涎水不知不觉流到了脖子上。

……

就在澡堂开业的同时，百合还在紧挨澡堂的窑洞里开了个小卖铺，摊子小货也不全，也就为来洗澡的人拿个烟呀火的方便。同时还安了部公用电话，这可是村里除了公家单位外的第一部私人电话。

在村里开个小卖铺最要命的是赊账，历来是谁赊谁塌。为了避免赊账，百合还让刘贵写了个纸条：概不赊账，贴在了小柜台上显眼的地方。可村民们不知怎的，偏就看不见，大部分人都是照赊不误，百合也不好意思不赊给。一来乡里乡亲的，二来她也知道村民们确实没钱。这倒没啥，可有一件事却让她很不愉快。

那是一天下午，一位村民要准备给儿子办喜事，缺点喜糖，就到百合的小卖铺来买。当称好糖块往小红包里包时，百合也热情地帮人家包，可人家推说"你忙，你忙，不用麻烦你了"。百合当时也没明白过来，还要帮人家分糖包包，人家一再推辞。百合忽然明白过来了，也就讪讪地罢手。这一带村里有个乡俗，在办喜事时，一切帮忙的人都要选村里的"全人"、"福人"，比如儿女双全的、没病没灾的、家出当官的等等，而百合属"不全"或"没福人"之列，至少她有两个男人，这也是不正常的。尽管人人知道百合这人好、热心肠，可这毕竟是命呀，谁也违抗不了。百合很是郁闷，整整一下午无精打采的。可到了晚上，她就差不多给忘了，她就是"忘性大，记性差"。她妈就老说她，啥不痛快的事过一阵子就没事了。她等刘贵回来，就叫他找几个人，拿出家什，要唱一唱，乐和乐和。她就有这种本事，要想乐就能乐，一是唱歌，二是做梦。

百合还把鼓匠摊上用的小喇叭拧开，让大半个村子的人都能听见。霎时间，拉的拉，弹的弹，就折腾开来，百合对着小麦克又唱起了她喜欢的《再也不能这样活》：

春夏秋冬，忙忙活活
急急匆匆，赶路搭车，
一路上的好景色没仔细琢磨，
回到家里还照样推碾子拉磨，
闭上眼睛就睡呀，
张开嘴巴就唱，
迷迷瞪瞪上山，
稀里糊涂过河，
再也不能这样活，
再也不能那样过！
生活就得前思后想想好了你再做。
生活就像爬大山，
生活就像趟大河，
一步一个深深的脚窝，
一个脚窝一支歌……

这时，村委会的高音大喇叭忽然也放出了晋剧《打金枝》选段：

皇儿，驸马他犯下欺君罪，
咱皇家焉能将头低，
父王与你消消这口气，
上殿去将郭爱立斩首级，
……

百合一听这词就乐了，因为她知道这是村长梁满仓向她示威，村长要她明白，在他这二亩三分地上，他就是君，百合就是臣。臣不听君的话，就算大逆不道。就说这安扩音器一事，一是因为百合家安了公用电话，全村人在外读书的、当兵的、打工的、经商的都通过这部电话与家里人联系，这本是方便全村的好事。百合安小喇叭，就是接到外面的电话，向村里广播谁谁谁快来接电话，不然的话，她就是跑断腿也跑不过来。可村长梁满仓曾当面对她警告过：这喇叭只有村委会才有资格安，不能谁想安就安，那除了扰民不讲，还是对抗村委会的表现，必须坚决撤掉，否则，后果自负。

其实，这并不是小喇叭的错，而是那台电话惹的祸。说起来，这里面还有一个很精彩的笑话。

那是一天下午，百合接到本村在外地打工的一个后生电话，说是要让他新婚不久的媳妇接电话。百合一听，心想人家小两口刚结婚就分开了，肯定有好多知心的悄悄话要甜蜜一下，就赶紧打开小喇叭，通知那小媳妇马上来接电话。百合刚通知完，澡堂那边有人喊她，她就急忙跑到澡堂忙乎去了，她万万没想到她竟忘了关小喇叭，而这小喇叭又恰巧放在电话机旁边，于是，一段应该在被窝里咬耳朵的话却回荡在了小村的上空：

"喂，死鬼，咋才来电话呀？"

"这还晚呀？我这不知道百合家的电话号码才一天就打过来了嘛。"

"你应知道号码马上就打才对，你还是不想我。"

"哎哟，亲圪蛋，我都快想死你了！"

"胡嚼！咋想的？说说。"

"我，我想你想得都快憋死了！"

这时，百合正从澡堂里出来，忽听见空气里传来的对话声，先是奇怪，这是谁？在哪儿说话呢？声音这么大？等她明白过来时，她慌了神，她向放电话的窑洞跑去，没想到，由于慌乱，被横在门前的宋根红的拐杖绊了个四脚朝天，摔得她疼痛难忍，躺在地上干着急就是爬不起来，耳朵里还不情愿地听着小两口的对话：

"喂，你说这肉麻的话，也不怕叫人家百合听着？"

"不会，她出去了，不在跟前。"

"你可得跟人家百合学着点，人好，又能干。"

"我能跟人家比？人家每天有俩男人伺候着，多滋润，哪像我，每天守空房，受活寡，难受死了。"

"咋？熬不住了？"

"哎，说实话，村里有没有男人格捣你？"

"人家谁像你那样见了女人眼都发绿光。"

"那可不一定，哪个男人不吃腥？依我看，那村干部就不是啥好鸟，我听人说，那村长见个母猪都想趴……"

"砰"百合跑着冲进屋，一把就把小喇叭关了。

可这件事已无可挽回地成了全村及十里八村的大笑话，大人小孩传得都快会背了。村长梁满仓气得直跺脚，发誓等打工那小子回来后往死里收拾他。那后生得到家人的传话后，吓得好长时间都没敢回村。村长有火没处发，就又把罪责算到了百合头上，原想百合要低个头认个罪，顺了自己的心思好活几下也算不枉破鼓担个烂名声。可碰巧百合像朵带刺的沙棘花，果没吃着，反而被扎出了血。他怎能咽下这口恶气，他正加紧琢磨着，怎样才能治治这棵沙棘草……

九　奢靡的富婆

百合的澡堂开得红红火火。村里人自从体验到洗澡的好处后，便觉得自己都娇贵起来，身上不洗澡几天就觉得痒痒，身上多遭受点风沙就觉得皮肤像风干的老牛皮一样。原先一年不洗头也不觉有啥，如今几天不洗头就觉得头皮发皱，头皮满天飞，藏在头发里，就像黑夜里的白星星。大家都后悔洗澡，说百合在水室里肯定掺了啥迷魂药，迷得大伙非来洗澡不行。

邵瑞更是洗澡的常客，几乎每天放学后都来洗一趟。村人见了就说这城里人细皮嫩肉的，天天洗，也不怕洗得洗破了皮。再说了，每天洗哪有哪么多灰尘，还不是白洗？城里人就是日怪。后来人们发现邵老师每次都不是一个人来，每次都带着老师和学生们来，据说都是他花钱，他要请全校的学生都洗一遍。还有人听学生反映，邵老师在课余时间还给学生们讲洗澡的好处，特别是卫生方面讲的不少，更有人听说邵老师还在黑板上画上男人和女人尿尿生孩子那玩意儿的图，给学生们讲它是个啥东西，特别让人脸红的是还讲怎么用，如何保持卫生等等。反正，挺流氓的。

村里不少人还注意到，邵瑞每天傍晚都会到百合家一趟，手里老提个黑包包，看上去挺美。据人们悄悄套问百合儿子宋成龙，宋成龙说那是邵老师从城里带来的手提电脑，邵老师每天上网查资料，必须用他家的电话线，白天他怕老占线别人没法打电话，就只好晚上来。

"啥？上电网查资料？那，那还不电死？"人们不明白，好好的人为啥老爱上电网。

百合也跟着好奇，你说那薄薄的一个铁片片，里面怎能装那儿多的字儿，字儿放在哪儿？怕不怕憋坏了？邵瑞告诉她里面有一块火柴盒大小的啥心（芯）片。她就更不明白了，那么小的一个心（芯）片，怎就装得下那么多的东西？她越想越糊涂了。看见儿子爱得两眼发红，邵瑞就手把手的教他，奇怪，儿子竟然很快就学会自己弄了，她觉得儿子真的很了不起，也觉得他将来肯定是个人才，就更坚定了今年冬天让他参加北京冬令营的决心。

在村里生活的这一段时间，邵瑞觉得很轻松、充实。学校里学生们很朴素可爱，村人也很憨厚，好处；空气又好，他的心情每天都很阳光，身体也似乎舒服多了。特别是百合无意中从儿子口里得知邵老师老觉得腰酸腰痛，每次洗完澡，百合非要给他按摩。邵瑞想多给她点钱，她死活不要，邵瑞就骗她说电话上网是平时打电话双倍的费用，硬把钱加在电话费里给她。

窑洞里静悄悄的，刘贵下地去了，宋根红永远在屋外晒太阳。哦，对不起，应该先介绍宋根红，再说刘贵，不然的话，让宋根红知道了又老大不高兴。下午没课，邵瑞就又来到了百合家，自己泡了一澡，就来到外屋，百合又给他扎扎实实的按摩腰部和颈椎。享受着百合的按摩，邵瑞却忽然想起了一件让他不堪回首、痛苦万般的往事，尽管他紧闭双眼，皱着眉头想把那段令人心碎的往事堵在窗外，但往事却像一股股冷飕飕的风钻天入地，无缝不入，在他的思绪里飘来荡去，挡也挡不住……

那是一个周末的傍晚，邵瑞的父母在家里做了一桌饭，想叫邵瑞和丁丽两口过来度周末。顺便商量劝小两口快生个小孙子，也好让老两口晚年有个乐趣。可左等右等，丁丽就是没来。邵瑞打手机让她赶快回家，丁丽却说有重要客户，一时回不去，让他们先吃别等她。过了一阵儿，邵瑞再打电话，却已是关机的嘟嘟声。邵瑞急得在屋里团团转，那一段时间邵瑞已感觉出丁丽许多行为不正常。于是，他抓起外衣，出门打了个的，就直奔丁丽所说的那家大宾馆。

邵瑞在宾馆的饭厅、保龄球和歌舞厅找遍了也没发现丁丽的影子，就又气又累地坐在大厅的沙发上生闷气。丁丽自从做生意发了财后，整日里却无聊得不知从哪儿发泄，每天定时到美容美体院做保养，洗面，还洗了一次肠。每张消费卡都是金卡，里面一放就是几万块，花钱简直像流水。邵瑞想着想着就有点迷糊了，也不知过了多久，他在朦胧中忽然听见一个熟悉的声音，猛一睁眼，发现丁丽正妖艳地朝门外走去，有两个很年轻的男子很殷勤地左右陪伴着护送她出门。丁丽打开车门还转身拥抱了那两个男子，很亲热的样子。

邵瑞决心弄个究竟。

等那俩小青年送完丁丽返回酒店大厅时，邵瑞上前迎住了他俩，说想请他们喝杯酒，有事相商。

那俩男子相互对视了一下，其中一个说，反正也没事了，也有些累，就喝杯酒解解乏吧，三个人坐在了大厅一侧的酒吧里。

三个人边喝边聊，开始俩男子不知邵瑞啥来头也不知他是干啥的，有点防范，不肯跟他交实底儿。邵瑞一看不行，忽想起自己同事的哥哥在这里做保安队队长，就赶快找了一下，同事的哥哥很快就来到了大厅。有了熟人，气氛一下子就亲热了，同事的哥哥也是个粗人，四人大口喝酒，大段地讲荤话听故事，距离一下子就拉近了。后来同事哥哥听到对讲机有人找他，便拱拱手让他们好好聊，自己去去就来。

邵瑞从同事哥哥的话里话外得知这俩青年男子是专门从事色情业务的"鸭子"，便编了一套故事来引诱他们。邵瑞压低声音说：他有个朋友出国了，朋友的妻子寂寞难耐，老找他陪她过夜，他实在受不了啦。同时他还强调这个女人很年轻、漂亮，就是性欲有点强，他想出钱请他们去陪陪她。

"那人家同意吗？"其中一个男子问。

"都已讲好了。"邵瑞一本正经地说，"不过，人家要求得找个上档次的。"

"那没问题。"其中一个拍另一个肩膀说，"我们这位还是个在校大学生呢。"

"大学生？"邵瑞愣了一下。

"咋？没听说过？"其中一位笑了，"你这就少见多怪了，如今在校的女大学生、男大学生，生活困难，有几个不在外头挣钱的？"

"大学生，又没啥经验，能伺候好人家吗？"邵瑞又问。

"没问题。"其中一位用手指了指门外，"刚才我们送走的那个女人，你看见了吗？"

"嗯"邵瑞生硬地点了点头。

"就那么浪的娘们，也被我们弟兄俩伺候得服服帖帖的。"说着还得意地甩甩头发，仰天吐了个大烟卷儿。

"那，那伺候好了，都得有哪些项目呀？"邵瑞心里隐隐作痛。

"啥项目都有，那就得人家点了。"大学生也是一副水来土掩的样子。

"就，就刚才那位女子，她点了啥项目。"

"哎哟，她可真还不好伺候，不是她出手大方，我们哥们才不伺候她呢。"

"说说看，要项目好了，我就点。"邵瑞也摆出一副财大气粗的模样。

其中一男子有点累了，不想多讲，就对大学生点点头说："你给他介绍介绍，我先休息会儿，哎哟，今天碰上白虎了，真他妈的快累死了。"

大学生模样的男子就给邵瑞详细介绍起这里的项目来了。

原来，今天丁丽在美容后，又在桑拿洗完澡，就直奔宾馆而来，她在预订好的房间通过地下关系，联系两名男子专门为她服务。她点的是"舌洗"、"推油"和"二龙戏凤"。

"真流氓！"邵瑞忍不住骂了一句，邵瑞再也听不下去了，他猛地一站身，就怒气冲冲地走了。害得那俩青年一个劲儿地骂他是"同性恋病人"，就那么点体格还想找鸭哥，也不撒泡尿照照自己。

从此，邵瑞从不搭理丁丽。丁丽也懒得理他，俩人开始了长时间的冷战、分居。邵瑞想跟她离婚，可怕父母受刺激，也不能说明离婚的理由，就一直拖着。只是他的性功能逐渐衰退，医生说是"性功能障碍。"

自从见到百合后，他就被她身上散发出的清沌、健美、乐观的气质深深吸引住了。每次见到她，别人都叫她百合，他还是坚持叫全名燕百合。其实在他心里喊的都是：野百合。在他心里，她就是山谷里一朵自然、清新、美丽的野百合花。

随着百合轻揉的安抚，邵瑞渐渐觉得身体里有一种似曾相识的异样的热流在涌动，骨骼里也开始发出噼噼啪啪的混响……

时间长了，人们就传开了闲话，说百合又想勾引城里人了，也有人说邵老师也想吃乡村的山野菜了。也不知是谁，只要看见邵瑞去百合家洗澡，就不知躲在啥地方，扯开嗓子瞎吼：

黄瓢瓢西瓜绿皮皮，

心里想你不能提。

斜三颗星宿顺三颗星，

尘世上数不过人想人。

前半夜想你扇不熄灯，

后半夜想你翻不过身。

想亲亲得了场费心痨，

满嘴嘴胡说尽鬼嚼。

三春期的黄风天天刮，

想亲亲想得我天天哭。

半崖崖上来半沟沟云，

扣心心想你活不成个人。

想亲亲想得我得了一场病，

什么医生来了也审不清。

长长的豆角软软的糕，

一辈子也忘不了咱们俩的好。

切开颗西瓜两钵钵水，

一辈子亲亲也忘不了你。

太阳落在山沟底，

不想别人就想个你。

葵花花开在顶顶上，

操心就操在你身上。

心难活我只有一觉睡，

你身上把我的心操碎。

……

听着这沙哑的民歌，邵瑞觉得很好听："噢，歌词唱得多实在。"

"没啥新鲜的。"百合边按边说，"这都是老辈人传唱下来的，我都会。"

"哎——"邵瑞忽然抬起头问，"你这儿怎没看见各种执照，批件？"

"啥？啥执照，啥批件？"百合问。

"就是，你开澡堂的执照，还有卫生许可证，还有……"

"哈哈，"邵瑞还未说完就被百合的笑声打断了，"啥玩意儿？我都没听说过，在这小村里，哪有这么多讲究，根本用不着这些东西。"

　　"不过……"邵瑞还想说什么。

　　"别那么多的不过了，你们城里人想事儿就是穷讲究多，别说了，说话多了，按摩就不见效了。"

十 "种人"闹剧

宋小蝶家的六间大瓦房很快就盖起来了，这座大院太高级了。特别是在这个到处是破窑洞烂柴房的穷村，如一颗珍珠掉在了一堆破布烂衫中间，显得太过豪华。六间大正房，全是钢筋、水泥、砖木铸浇而成，连压的苫都是木板；五间正南房，三间西房也是一水是钢筋、水泥、砖木结构。院面全部用水泥六棱砖铺成，中间行人道上还铺着花鸟虫鱼的大理石。院里地下室还挖有菜窖，里面全用水泥抹成，并分成菜窖、果窖，甚至还专门预留一个空窖，小蝶说备战用，假如敌人飞机来炸，人可以及时地躲到地下防空洞。尤其叫村人眼热的是院里那间厕所，按小蝶的说法叫洗手间，实际上就是厕所，村人都说洗手又不用去那地方。里面压了下水道，一直通向院外的土沟。墙上贴着白瓷砖，地上铺的大理石，还安着电灯、暖气片，暖气片是与正房、西房和南房通着的。有的村民看了，直吧喷嘴说："哎哟，妈呀，这厕所的地面比我家的锅台都亮堂。"可不是？别说一般人家的锅台，有许多人家还是泥锅台哩，就是北京来的邵瑞看了都不由得瞪大眼睛，据他说北京的好多四合院房子的质量都比不上。

不知内情的人都夸小蝶本事大，单靠卖凉粉就挣了大钱，有的甚至也准备到矿区去卖凉粉了。其实隔壁的马五六他们都知道，这都是廖大同的功劳。

廖大同在矿上分管工程项目，即负责工程出包，又管理工程建材。他的手一挥，就能造就一个百万富豪，他的手一抬，就有成百上千吨建材流进流出。宋小蝶跟他搭上线后，小蝶佩服他的本事大，他喜欢小蝶的娇美体贴，两人日渐如胶似漆。小蝶盖房期间，隔几天，他都亲自随小蝶连夜回村，大卡车上拉的都是连夜装好的水泥、钢筋、木材。别看廖大同是个有权有势的人，但做事一贯很小心，为了不让人看见，他每次都是黑夜来，黑夜走。村里山路不好走，他还亲自押车，帮司机看路，生怕出啥差错。每次一到小蝶家，隆隆的马达声和搬东西的声音，马五六一家就知道廖大同跟宋小蝶拉回东西了。

廖大同每次随宋小蝶回村，都要在村里住上一宿。其实，小蝶的新房里设施都很先进，有的完全按城里的生活习惯配备，比如她在房间里安装了洗澡用的淋浴，还有能够容纳两个人同时洗澡用的鸳鸯浴缸。后来据法院的人说仅这个豪华型的浴缸，就价值一万多元。同时还配有健身房，麻将室，台球室，马五六见后说，廖大同简直是把城里的家照搬到了村里。就好比这里是他的乡村行宫豪华别墅。记得房子竣工那天，村里有头有脸的人都来庆贺。他们一进院，就被这座乡村豪房所折服，也更对小蝶敬畏有加，虽说他们心里都酸溜溜的，他们这些乡间绅士竟然比不过一个卖凉粉的村姑。但脸上还是表现出少有的恭维之色，他们心里都盘算着将来说不准还真的求她办事。因为他们都知道，宋小蝶的能量是越来越大了。那天贺喜的乞丐也来了不少，他们不知是打听到些什么，也不知是随意念点上辈艺人流传下来的顺口溜，反正他们的念喜，念得不少人心里偷笑：

竹板一打那响连声，
我给东家那把喜念。
东家大喜我小喜，
我们给东家道个喜。
大门念完二门念，
一步就跨到当院。
蓝天那日月有多大，
尘世上打伙计人留下。
烟走高来河流低，
世上的人留下为朋友。

火烧的山药不用捏，

串门门打伙计不用学。

只要心爱就可以交，

串门子打伙计没老小。

拉了瓜蔓又种上个葱，

谁也想交个知心人。

人人有情也有意，

谁不想打个好伙计。

年轻的日子没几天，

不打伙计也枉徒然。

春风刮开万朵花，

不为朋友死心眼。

为人那不会打伙计，

一辈辈做甚也灰心气。

为人不打下好伙计，

没人就给出主意。

为人要打下个好伙计，

一辈子好活就不受气。

念完喜，那几个乞丐就每人拿出五元的票子，嘴里念叨着：东家大喜我小喜，我们给东家甩上份礼，祝东家喜事连连，也祝管家好事多多，一块换五块，五块换五十，五十换一百，愿东家大大器器，管家得得劲劲，打发我们念喜的人啊…………

那天当管事儿的正是邻居马五六，他一听这念喜的词儿，也不知是夸小蝶呢？还是损小蝶呢？但他知道这些念喜的人都是难缠的主，他们胆大嘴巧，如打发不好，他们还会念出更令东家和管家堵心的话来，就会大大冲淡喜庆的气氛，还会让人落下东家小气，管家不力的笑柄。于是，赶忙每人给了五十块喜钱，打发他们离开。他们似乎并不太满意，被马五六软劝硬推轰出了大门。

廖大同在宋小蝶家竣工庆贺的红火时并没露面，他是在众人闹腾尽欢散去时，天黑时分，他才乘小轿车来到小蝶家。他抬头望着天上的繁星，呼吸着山村清凉新鲜的空气，心里感到十分舒畅和自在。他不必再像在城里、煤矿上那样一本正经，小心翼翼，心里也远离了矿区的喧哗和嘈杂，心绪十分平静和休闲。更重要的是他可以跟小蝶无拘无束地放浪自由，尽情享受这个充满激情与温馨的夜晚。小蝶也不必再担惊受怕，可纵情舒展她的玉肢胴体，热烈回应廖大同的激情冲撞。

那是发生在前几个月的事情了。当时，廖大同跟小蝶正在办公室里间的卧室缠绵，忽被破门而入的廖妻抓个正着。当时的情景虽让人心惊，但并没有发生平日里人们常见的扭打厮杀的场面。廖妻是一个非常有心计的女人，她清楚自己如果大闹，损伤的不仅是廖大同的名利，灾难也是她的，因为廖大同的名利同她的利益是密不可分的。她只能咬住牙不出声猛扼宋小蝶的脖子，撕抓着她的脸庞。宋小蝶也是咬着牙不吱声使劲反抗着廖妻的推拿。廖大同更是咬着牙不吱声拼命揪开俩女人的缠斗。最后，宋小蝶趁机逃脱，一声不响地溜出办公室悄然消失在茫茫夜色中。廖妻压抑着嗓音从牙缝迸出愤怒的女低音："你真不害臊，竟勾搭一个乡下女人。"廖大同报以恼怒的男低音："你他妈的要有本事生个儿子，还用老子勾引乡下女人？"

"呸！"廖妻狠狠唾了一口涎沫，看四下无人，轻提脚步愤然离去。

廖大同在黑暗中呆坐了好久，琢磨不透妻子是如何知晓他与宋小蝶的私情。他感到矿区的复杂与不安全，他盘算着应寻找一个更安全的地方去实施自己的计划。

廖大同与妻子生有一女，年轻时还不觉得啥，可越到中年，随着财富的增长，廖大同越觉得自己辛苦一辈子挣来的家业怎么也得有个廖姓后人来继承，于是求子心切愈来愈重。可廖妻偏偏因做了子宫切除手术，导致廖大同求子的愿望成为泡影。与宋小蝶认识时，他并未想到这件事，可随着与宋小蝶的日渐熟悉，特别是在那次酒后与宋小蝶有了一次床第之欢后，他突然萌发了让宋小蝶为他生个儿子的想法，但他不知宋小蝶愿不愿意。当他试探着把自己的想法跟小蝶透露出一点时，没想到宋小蝶当时就一口应答了。事实上宋小蝶也早有此想法。结婚好几年的宋小蝶一直没有开怀生孩子，好多人包括燕忠家的人都在问寻原因，她都一直以怀不上为理由，应付过去。众人就怀疑她或者是燕忠不知是哪个有毛病，就动员他俩去医院检查，可她每次都找借口一推再推。她可不想去医院，她自己心里明白，一去医院她就露馅了，因为她自己心里清楚，其实她和燕忠生殖的零部件谁也没有问题，是她自己心理在作梗。她自从与燕忠结婚后，怕与燕忠再生个小半傻，就一直偷偷采取避孕措施。每当燕忠在她身上牛劲十足地撒播种子时，都会被小蝶事先服下的药剂扼杀在阴道内，然后随着她故意抛洒的尿液冲出体外，流进暗无天日的地缝里。但她总不能一辈子不生孩子。可就算不生孩子也不能生个半傻，那对自己对孩子的一辈子都是不负责任的。可她又不能跟燕忠离婚，因为她们是换亲，自己要是离了，那百合肯定也不干。她老早就在心里滋生了一个意愿，那就是暗地里找个好男人给自己播撒颗好种子，让它开花结果，自己来哺育长大成人。

当她与廖大同发生关系时，她就更加坚定了自己的信心。每次当廖大同在她的土地上播撒种子时，她都是敞开花蕊一点不漏全部吸收融合，期望能留住良种成全自己的美梦。可每次都不见生根发芽的动静，后来她悄悄问过诊所大夫，诊所大夫分析说，很可能是她过去一直吃避孕药时间长了，得停药恢复一段时间才能配成。于是，她就一直盼望着恢复。当廖大同提出与她共生一子的想法时，她又喜又忧，喜的是廖大同竟主动提出正中她下怀的要求，忧的是廖大同要借腹生子，生后要把孩子抱走，宋小蝶就有点犹豫。最后她提出孩子生下后，不要离开她家就以她跟燕忠生的为名，当然暂时也姓燕，等孩子长大后再作论断。这样，廖大同也就免除了妻子切除了子宫还生孩子的众人猜疑，宋小蝶也堵住了众人让她跟燕忠生孩子的嘴，名正言顺地抚养孩子长大成人。这样两下相安又各取所需，一举两得。

廖大同听后觉得有理，就答应了小蝶的请求，开始与小蝶一心一意，作起造儿子的大事儿。开始是夜里没有人时在他办公室里做，可后来被妻子发现了，就只好与小蝶转战到"敌后根据地"，山村小碟家里。所以在为小蝶盖房子时，廖大同尽心尽力，从院子的设计、施工他都亲自过问。他想院子建得好好的，因为一是自己要好好享用一时，同时最后也是他自己儿子的财产，因此，他不惜成本，全力打造。

可廖大同没想到，就是在自己这块"敌后根据地"里，也并不是百分之百的平安无事。一次他与小蝶连夜回到村里，那天燕忠也正好有事跟他们一道回村。夜里，小蝶终于等到燕忠打起了呼噜，就悄悄爬起身溜到廖大同睡的屋里。俩人在屋里从床上浪到地上，从地上又转到床上，激情四射。就在他们相互缠绕，滋作正酣时，忽听得燕忠在院子里使劲抽打从百合家借来的毛驴。他一边打一边骂："打死你这骚驴！看你还敢串圈，打死你这骚驴，谁家的骚驴跑到我家院子里撒野！打死你！"听得毛驴被抽打得满院乱窜，廖大同的情绪一下子由热烈降到了冰凉。他从小蝶身上滚落下来，仰面八叉躺在床上，禁不住长叹了一口气。原本他认为在这里找到了可以安心做爱造子的世外桃源，谁料想让这个半傻不傻的东西这么一搅和，他刚刚升腾起的希望像肥皂泡一样被燕忠的皮鞭抽打得七零八落，纷纷碎灭了。

宋小蝶大怒，她起身穿好衣服，几步冲出门跨到当院，从燕忠手里夺过皮鞭猛抽燕忠："你这个废驴，深更半夜，平白无故打毛驴，你神经病啊！"

"谁家的野驴？跑到我院子里还不老实，还瞎撩蹄子。"燕忠一边躲闪一边辩解，"不、不打它还不成了精？"

"你他妈的是真傻还是假傻？那驴不是你在百合家借来拉东西的吗？怎就说是野驴了？"

"管它是谁家的驴，在我家院里撒野，就该打！"燕忠也不示弱，反而调高了嗓门。

宋小蝶怕邻居听见笑话，就不敢再和这个半傻较劲儿，忙揪住他耳根压低声音吼道："快回屋睡觉去！"

"那你也睡！"燕忠摸着脖子说。

宋小蝶没办法，只好随他进了屋。谁知她刚进屋，就被燕忠紧紧抱住压倒在炕上，嘴里嘟囔着说："你是我老婆，我要跟你睡觉。"

宋小蝶知道他的傻劲又来了，就使劲挣扎不让他得手，因为这段时间她一直没吃避孕药，而且这几天正是她怀孕的时间，她决不能让这半傻子男人得手，不然的话，她的计划就会失败，后果不堪设想。可她挡抵不住燕忠的劲大。宋小蝶想喊廖大同快过来帮她，可又怕激怒燕忠，也怕别人听见，只好咬咬牙，使尽全身力气抽出被他攥住的一只手，猛地抓住他裆部，使劲一握，燕忠"哎哟"一声就不由地松开了手，手捂住裆部疼得直叫唤。宋小蝶趁机抽身踉踉跄跄跑出屋外。

一出屋，她就看见廖大同正直直地立在院中央，看见小蝶跑出来，啥也没说，停了一会儿，他对小蝶说："走！咱们回矿区。"

"我要给你告百合，哎呀，疼死我了。"燕忠在他们身后喊道。

宋小蝶自回村跟燕忠干了一架后，就同廖大同返回矿上，已有些日子没回村了。燕忠被他们扔在村里，也没接他过来，凉粉生意就不如以前火爆了，宋小蝶就有点着急。本来她早已把小媳妇饭店这一摊当成了副业，主要靠燕忠来打理。燕忠是有点傻，但做这点简单的小买卖也不成问题。现在，燕忠赌气没回来，她就琢磨着找一个合适的自己人来帮她照料一下，她自己好腾出手来主抓没有成本却赚大钱的买卖。

其实，"小媳妇饭店"在矿区已是小有名气。一是因为生意好，二是因为这个饭店实际上已成为宋小蝶作"无本生意"的据点。只要她坐在饭店里面的一个小办公室，随便接打几个电话，钞票就唰唰地朝她钱包里飞。在宋小蝶的电话本里，正面的纸张上登记了好多矿工的名字和电话号码，同时还标有各种记号，也就是他们的要求，比如要求女人的身材、胖瘦、大小、年龄、价格，甚至还有嫩度等等。当然，这些标记只有宋小蝶一个人看得懂；在电话本背面的纸上，她还记录了许多女人的名字和电话号码。在上面也标满了各种标记，例如胖瘦、身高、年龄、价码，有的还标明是否处女等等。也就是说，在她的这个小本子里，其实就是一本供求备忘录。哪个矿工手里有钱了，想找啥样的女人你随便提，宋小蝶就会按照他们的要求，对照女方的条件来牵线搭桥。男的如愿意到女方租的房里，就直接过去；女方如需要进入矿区的门，小蝶就会以带家属探亲为名将女人送进大门，领到矿工的宿舍去。也有好多专门到"小媳妇饭店"来吃饭，同时在饭店里接头见面，彼此"相亲"，相中了吃完饭就领走，相不中就吃完饭各自走人。哪个女人有心计多孝敬小蝶一点，她的生意就会越接越多，哪个女人不识眼色孝敬少一点，她的业务就越来越少。于是，好多女人在按规矩给宋小蝶提成外，还有另外孝敬的礼物。每天有事没事都会打个电话问候"妈咪"几声，好等"妈咪"多给自己寻找几个"拉郎配"的"女婿"。

这天，宋小蝶忽然接到了燕百合的一个电话，说她要到矿上批发市场进货，顺便到小蝶的饭店看看。听了这话，小蝶的心止不住怦怦跳得厉害。说实在话，别看小蝶比百合日子过得好，但在她心里，总有点怕百合。尽管村人都说百合性格好，也从不骂人打人，但不知为啥，她总是有些惧她。过去小蝶以为自己穷，没百合能干，现在自己比百合有钱多了，但还是有点敬畏她，没法子，卤水点豆腐，一物降一物，也许这就是命吧。这次，她最担心百合找她算账。

她清楚，她捏燕忠裆部的事儿，肯定会告百合的，别看燕忠是个男人又是家里的老大，但他始终认为百合是主心骨，平时有点不高兴，或拿不定主意的事儿，总会去找百合讨主意。不过，小蝶为使自己心里安稳一点，有时也把一些事儿向另一个方面扯。比如她始终认为她俩都是换亲，谁也不能比谁高低，是平等的。而且你百合还招了个拉边套的男人，也就是本是自己哥哥一个人的媳妇又被另一个男人折腾，小蝶心里就不平衡。再说，听哥哥讲，结婚头一天夜，发现百合没见红，那就说明你已把处女身给了别人，这更不公道。自己再怎么说也是把处女宝白白浪费在了这个半傻的身上，又没找拉边套的男人。哎，廖大同算拉边套的吗？她琢磨了半晌，似乎像，又似乎不像。她实在分辨不清拉边套与找情人有啥不一样的地方。更何况，凭自己的本事，已为燕家在村里建起了自古以来最好的房子，也算积累了丰厚的家产了吧。她忽然想起马五六对自己房子的评价说叫啥"空前绝后"，对，是叫"空前绝后"，但"空前"还挺好听的，可"绝后"似乎有点不好听，不就是说要断根了，没人续香火的意思吗？嗨，乱了，扯哪儿去了。本来是自己想找些理由以平息对百合的惧怕，可这一扯就扯远了。反正躲是躲不过的，看她来怎算账，到时候再说吧。

百合来的那天，手里还提了村里雨后山坡上捡的地皮菜，这种菜类似于黑木耳的形状，村里人最爱吃。进门时，小蝶还很亲热地叫声百合姐。百合是小蝶的嫂子，但小蝶也是百合的嫂子；宋根红是燕忠的妹夫，那燕忠也是宋根红的妹夫，没法子叫。因此，他们平时就叫对方的乳名，如果想进一步亲近一点，顶多也只能在名字的后面，按年龄的大小加个姐、妹、哥弟等称号。

百合跟小蝶闲聊，她说了说家里那一大摊干忙乎不挣钱的买卖。百合说澡堂的票卖得高了没人来，卖得低了又干赔钱。煤、水、电加起来，除了开销，连信用社的利息也还不了。小卖铺吧，买卖是挺红火，可大都是赊账，每次一大堆货换来的是一摞纸条。就这点小本生意压得快喘不过气儿了，这次来矿上的市场再凑合着进点货，就是资金少，再周转不开，就只能关门了。

小蝶一听，忙从抽屉摸出二百块钱，递给百合说先拿着应应急，不算借，是她送给百合的，让她买点东西。

百合一见就明白这是小蝶怕自己张嘴跟她借钱，就把钱又推回去，说不用不用，自己能凑合多久就维持多久，不行就关门算了。

小蝶一听关门，反倒忽然想起个事儿，忙说，"不行真关门算了，你干脆就到我这小饭店来帮着打点，燕忠赌气好长时间未回来，这里正缺个自己人来管理，要是百合姐能来那就最合适不过了。"

百合一听，心里笑着想：小蝶你有了几个臭钱，就要雇我来伺候你了。我可是宁当鸡头不当凤尾的人，再说了，你这里的"买卖"我可做不了。她也是听从燕忠那里隐隐约约听到一些消息。

百合心里想着，嘴上说："家里一大家子人，可离不开。再说了，那点小买卖也得凑合着做，实在不行了，咱再说。你先找个自己人帮着算账，旋粉儿的活儿你还得尽快回村一趟，把我哥接回来，就他一个人待在个大院，怪孤单的。"

百合提到燕忠，虽说得轻描淡写，但小蝶已觉出话中的分量。这次来，百合满可以顺路把她哥送过来，可百合没这样做，她就是要小蝶亲自回村去接，也就顶跟燕忠赔礼道歉了。小蝶不得不佩服百合的心计和高明。

"说到那次吵架，"百合又说，"不管怪谁吧，咱就不说了，扯那讲不清道不明的也没用。我就是想说一句，这两口子一辈子在一个锅儿里搅生活，难免有个锅碰碗、碗磕勺的时候，可你不该捏他那要命的地方儿。你说呢？"说完，百合两眼紧盯着小蝶，让她表态。

"这，其实，"小蝶有点慌乱，言语有点闪闪躲躲，"其实，我也没想捏他的命根根儿，只是一时晕了。再、再说，我也是吓唬他，也没怎用劲……"

"再用劲就完了。"百合没等她说完就打断了她的话。

沉默了一会，百合又语重心长地说："小蝶，咱们都是女人。你们上次吵架的原因，我不说你也比我清楚，咱在这就不再提了。我只是想跟你说，不管啥时候，燕忠都是你名正言顺的合理合法的男人。就算他有点不太机迷，你也应护着他、让着他点。就像你哥，尽管他是个废人，可我也得让他压，还得让他先压，让他压舒服了。不说别的，就凭他是我的原配男人。"

说完，百合站起身要走，小蝶忙拦住她说吃了饭再走。百合笑笑说："不了，得去先进点货，晚了就赶不上回村的小拖拉机了，跟人家约好了的，不能让人家等咱。"说着，就走出了饭店。

百合出门没走多远，忽听后面小蝶又喘着气追上来，百合站住脚问："啥事呀？看你急的。"

"我忽然想起个事，"小蝶喘口气说，"前几天，我听矿上的人说，咱村附近的国道要修路了，拉煤的车也要绕道，据说正好路过咱们村，司机们想在半道上找个定点吃饭、睡觉休息的车马店。"

"这跟咱有啥关系呀？"百合一下没反应过来。

"怎没关系？"小蝶说，"你家正好在村边路上，窑洞多，院子大又有澡堂，小卖铺，还有电话，这不挺合适嘛。"

"那、那还得吃、住吧？"百合也来了兴趣。

"当然得吃、住啦，院子大，停车也方便。再说还有那么多窑洞，随便打扫一下，就能住人。再盘个土灶，就能造饭，多好呀！"

"是呀，可是人家愿意去咱那儿吗？"百合心里没底儿。

"这你就放心吧。"小蝶好像蛮有把握，"我找人打个招呼，不成问题。"

百合一听她要找个人打招呼，还这么有把握，就一下子想到她要找的人是谁了，心忽悠一沉，脸上的笑就掉下来了。她不冷不热地说："那完了再说吧。"说完一转身，就头也不回地去了。

小蝶不明白是咋回事儿，心里还琢磨："她这是怎么啦？刚才还挺高兴的，这么好的事儿，怎忽然一下子就不高兴了呢？"

十一　小澡堂大波澜

桃花峪乡政府坐落在桃花峪村的东南部，是座三进三出的四合大院。据说这里过去是个当地财主的私产，土改时分给了二十多户农民居住，后又被收回做了乡政府。宅院一溜的碎石通道，三道廊门，两旁的房屋呈轴对称图形，虽历经风雨沧桑，但古韵犹存，威严尚在。如今的乡级政府事情也不多，好多干部平素也少来上班，村民们无事更不进来转悠，整个大院就显得有些冷清。

村长梁满仓这几天已跑了几趟，主要是乡长张立功派给他的任务一直没有完成，他正在努力完成，有了新情况就赶紧来汇报。其实任务也不大，就是张立功乡长要在每村树立一个致富典型，并且最好是"一村一户一策"，不要重复雷同。梁满仓汇报的典型是村里的田福寿。本来田福寿够富了，可张立功并不满意，因为他听说田福寿致富的方式不明确，也就是说富得有点不明不白。再往白了说，就是致富的途径不太正，不具有典型代表意义。后来，又报了一户养羊专业户，可别的村早报了养羊致富的典型，而且人家的养羊数量比他村的还大，又被乡长挡了回来。今天他又来汇报一个大棚养猪致富的典型。

进了乡政府，梁满仓把摩托车靠在墙角停好。他本想先到里院的乡党委书记刘广发的办公室打个招呼，没想到住在前院的张乡长正好出门倒水，被他撞个正着："哟，梁村长这么早来，肯定是抓着好典型了。"

梁满仓无奈，只好就势顺坡，乖乖地跟着张乡长进了办公室，心里却暗暗叫苦。这破乡政府大院本来他就不想来，他知道刘书记与张乡长不和已是半公开的事了。刘书记年纪大了点，就想着在这里再当几年一把手，打算就退了。可张乡长急着想当一把手，就想方设法要把刘书记顶走。为了干出点成绩给上边看，张乡长也没和刘书记商量，就自己搞了个"一村一户一策"致富典型总结推广活动。梁满仓既得应付张乡长，又怕得罪刘书记，因此，他平时除了开会很少进这个大院，他不想被卷入这场政治斗争的漩涡之中。他每次来汇报，都得悄悄到刘书记那儿问候一下，今天看来是去不成了。

梁满仓正瞎想着，乡长已把乡政府办公室秘书也喊过来，准备一起听梁满仓汇报，以便秘书进行先进材料加工整理。

梁满仓坐下从口袋里掏出个小本子，开始汇报。可梁满仓没汇报几句，张乡长就又皱起了眉头，一是嫌这个致富项目老化，二是他觉得这个项目收入不是很高，别的村子就这个项目好多户都比他村这户强。

梁满仓一看张乡长又不满意了，心里又急又烦，就越讲越没心气儿了。张乡长也听不下去了，对他摆摆手说："好啦，好啦，你挖掘的这户虽然也不错，但还是不够典型。你也别急，再慢慢想想，最好能再找一个比较独特的典型。行了，今儿个咱就不聊这个了，来，抽支烟，咱们随便啦呱啦呱。"说着，三个人各点了支烟，云山雾罩地抽起来。

几个人正东一句西一句地扯着，忽然梁满仓提出个问题："乡长，你见多识广，你说这私自安装广播喇叭违不违法？"

"怎么个私自安装法儿？"

"就、就是她自己在屋顶的木杆儿安个喇叭，还时不时地通知找人啦乱放戏段子啦。"说着，他发起狠来，"有一次竟敢在喇叭里嘲笑村干部。"

"谁呀？这么大胆！"

"就是我们村里那个叫燕百合的女人。"

"噢，听说过，听说过，这个女人据说长得挺标致的，就是没见过人。"

"还标致呢，整个儿狐狸精，听说了吧，光男人就好几个哩。"

"几个男人咱管不着。"乡长一摆手说，"她私装广播干啥呀？有钱没地儿花怎的？"

"嗨，你可不知道，啧啧，"梁满仓吧嗒几下嘴巴，"这娘们最能瞎折腾了。"

"怎个瞎折腾法儿？"

"她啥都敢想，也敢干。自己在家里安个狗屁公用电话，一来电话就扯开嗓子在喇叭里满村子找人。我也警告过她几次，可她根本就当耳旁风儿。"

"她还有啥瞎折腾的？"乡长似乎对这种闲话倒挺感兴趣。

"她、她还开了个小卖铺，据说货物大都是假冒伪劣，还自己乱定价，想卖多少卖多少，简直是无法无天。"

"是挺能瞎折腾的。"乡长点点头，村长一见乡长聊性挺浓，就索性敞开了话匣子狠狠地告她一状。

"乡长，这倒不算啥，还有更能瞎折腾的呢。"

"真的？还有啥？"

"你想都想不到，她娘的，她竟然在村里开了个破澡堂。"

"开澡堂？新鲜！"

"对呀"村长一见乡长顺着自己的思路，感觉就站在了一条线上，嗓门不由地提高了许多，"你说，在咱这穷山沟里，你想挣钱做啥不好，非要开啥澡堂？这不成了盲人嫖媳妇，瞎闹嘛。哈哈。"

"那能挣钱吗？"秘书也插嘴问。

"还行。嗨，那还不是靠按摩呀啥乱七八糟的吸引人？听说咱学校那个扶教的邵瑞，成天往她那里跑，要是不为别的，他能每天去吗？人又不是泥捏的，每天哪来那么多的灰尘？哼！"

"哎哟！"乡长一拍大腿，"太好了，咱就缺少这样的典型，你怎就不报她呢？"

"啥？！"村长一下傻眼儿了，"报她？"

"对！"乡长站起身来，兴奋地在地上转了几圈，"你们想想，这样的典型才独特，有代表性。"

"那、那她有啥好的？"村长还是一头雾水。

"你看，她这户典型，不光是致富，而且还是思想观念的解放。她的想法大胆，务实，代表着一种文明和进步。"

"这跟文明、进步怎扯一块去了？"村长还是不明白。

"这安电话就是加强与外界的信息沟通，加强与外面世界联系的渠道；广播找人呢，又是提高办事效率的好办法；开澡堂就更是了不起的想法了。"

"这、这有啥了不起的？"村长沉不住气了。

"自古到今，谁想起在这穷山沟里开澡堂？有几个人一辈子洗过澡？这是啥精神？这就是第一个吃螃蟹的精神。这是改变农村卫生陋习的改革之举，这难道不是文明与进步？太好了，秘书，就定她为典型。"

"哎哟！"梁满仓心里连声叫苦，本来他是想告百合一状的，没想到反而帮她成了致富的典型，这才是鬼使神差，阴差阳错，自己搬起石头砸自己的脚。活该！他恨不得猛抽自己两个耳光，后悔得真想咬掉自己的舌头。

这时，张乡长接了个电话，放下电话后兴奋地说："县里精神文明办和扶贫办打来的，他们已把桃花乡的这个活动报到了市里，市里也很重视，这一段时间要来实地考察，作为典型向全市推广。过几天，县里先派人下来打个前站。这样吧，其他村的已基本准备好了，明天咱们去一趟桃花峪村，重点了解一下燕百合这户典型，再把材料整理好，作为重中之重加以推广。好，今儿个就到这儿，我出去办点事先走，咱明天村里见。"说完，乡长推门坐上吉普车走了。

梁村长像遭霜打了的茄子，哭丧着脸待了一会儿。走出门，神情恍惚地走了几步，忽想起今儿个还没看人家刘书记，就又折回身向刘书记的办公室走去。进了刘书记的办公室，刘书记扔给他支烟，梁村长一声不吭闷闷不乐地抽起来。

"咋啦这是？蔫儿了吧唧的。"刘书记问。

"唉，没啥，没啥。"

"咋，张乡长又呲儿你了？"

"呲倒是没呲，就是，嗨，"梁村长吐了口烟雾，又说，"就是给他推荐个正儿八经致富的典型吧，他怎也看不顺眼。嗨，反倒对那个歪门邪道的东西挺上心。真是王八看绿豆，对眼就成。"

"他又看上了哪个歪门邪道的东西？"刘书记又问。

"就是我们村的那个燕百合开澡堂、安电话、装喇叭的事儿。"

"那燕百合是啥时搞的？怎搞的？"

梁满仓就又把刚才损百合那套话又重复了一遍，同样也引起了刘书记的重视。他又详细地问了一下百合开澡堂的事情经过，但没表态是支持还是反对，都没吱声。只是淡淡地问了一下县里啥时来人等情况。梁满仓心绪不高，在刘书记那儿呆了一会儿，就出来了，走到墙角下，推出摩托，狠踩了几下发动机杆，拧拧油门，就一颠一颠地回村里去了。

次日清早，梁满仓早早地来到百合家，一进大门，就高声嚷嚷："百合，百合在家吗？"

"哟，村长大人驾到，"百合笑吟吟地迎出来，"我说咋大清早的，树上的喜鹊在叫哩，原来有贵人到。"

"少来这一套，"村长也堆着笑说，"今儿个还真有好事儿。"说着，他不往下说，先进屋坐下。

"咱还能有好事？"百合不信。

"是这样，前几天，我在你这洗澡，村会计找我说张乡长找我，你还记得这事儿吧？"

"记得，记得。"百合心里还说，你自己的丑事我也记得哩。

"后来，我就去了一趟乡里，原来乡里要树立一批致富典型，咱们村我就推荐了你。要是真能选上，据说乡里要给优惠政策，能给你好多好处哩。"梁满仓一下又把功劳全揽到了自己头上。

"哟，那还真的谢谢你村长。"

"怎么谢？就嘴上数？"村长意味深长地问。

百合一转身从货架上取下一盒好烟，拆开了抽出一支敬上。

"就这？"村长坏笑着问。

"那还要啥？"百合问。

村长还想说啥，忽听门外有汽车喇叭声，就知道张乡长到了，忙跑出屋子接迎张乡长。

张乡长、乡秘书还有几个随行的乡政府人员一行进了大院，就在梁满仓、百合的陪同下，仔细地视察了澡堂、锅炉，小卖铺，还有电话及小喇叭。

张乡长边看边听百合介绍，很像电视里大领导们视察的派头。

视察完毕后，张乡长还作了一番总结性的现场讲话，同时还提了一些改进的意见。总之，他很高兴能发现这一具有向文明和进步迈进的致富典型。

最后，张乡长望着那一池清粼粼的水说："在咱们这里，能洗上这么一澡，还真赶上神仙了。"

百合见张乡长这么一说，马上说："张乡长要是不嫌弃，我就马上添火加炭，请乡长亲自洗上一澡。"

"哈哈，"众人大笑，说，"百合真幽默，那洗澡还不得亲自洗别人还能替代？"

"好是好，只是就几个人洗也挺浪费的。"乡长说。

"哪里话，乡长，你要是真赏个脸下水，我今后也能有了跟人夸耀的资本了：乡长这条真龙都在这儿了下水了，别人还不赶快来沾点福气？"

"那好，今儿个咱真就在这洗上一个好澡了。"张乡长一见百合长得水灵嘴又甜，心里一高兴，当下就决定了。不过，他要求这费用让梁满仓出。百合说："啥费不费的，自家的东西，不用讲究。"

脸上堆满笑的梁满仓心里却在磨着刀地骂百合："这个狐狸精，多啥嘴呢？不说乡长洗澡，那一洗澡还不得管午饭，那管午饭还不得花我的钱？"

村长心里骂归骂，但一见事情既成这样，还不如主动表现一下，还能捞个人情。想到这儿，他马上对百合说："打开小喇叭，通知马五六他们几个鼓匠班的人快来这里，咱们得给张乡长大人表演几段，让乡长开开心。"

张乡长一听还能唱歌，心里也挺高兴，拍拍巴掌说行，咱就快乐快乐。

梁满仓还想在喇叭上通知养羊户选只嫩羊来，但又觉得不妥，那样做太没政治头脑了。于是他就喊过百合隔壁的村民叫他马上去拉只好羊来，现杀现吃。

张乡长推让了一番，也就半推半就了。

不一会，刘贵、马五六等能拉会吹的人到齐了，不一会儿就红火起来了。张乡长一见又忽发灵感，说这也是丰富农民文化的一个好项目，建议梁满仓加进百合致富当中去。梁村长忙点头称赞乡长高明，一眼就能发现真经，他们这些土鳖就不行。

刘贵边拉边唱起了信天游：

上坡坡那个下梁梁，
俄看妹妹哎嗨走一回。
上一道道坡坡哎哟哟，下一道道梁哎，
想起了小妹妹好喜欢。
你不去那个薅菜，哎哟哟，崖畔畔上站，
把俄们那个年青青的人儿哟，心扰乱。
你在你那山上，哎哟哟，哥哥在那个沟，
拉不上的话话儿，哎哟哟，招一招手。

这时，村民已拉来了一只肥羊，梁满仓在那边指挥安排宰羊后，忙跑过来，亲自给乡长献歌一首：

羊肚肚手巾三道道个兰，
咱们见个面面容易，哎呀，拉话话儿难。
一个在那山上哟一个在那沟，
咱们拉不上个话话儿招一招那手。
俄瞭见了村村哟瞭不见个人，
俄那泪格蛋蛋抛在沙蒿蒿林。
亲圪蛋下河洗衣裳，
双膝膝跪在石头上呀，
小亲圪蛋！
小手儿红来小手儿白，
搓一搓衣裳把头辫甩呀，
小亲圪蛋！
小亲亲呀小爱爱，
把你那小脸扭过来，
小亲圪蛋！
你说扭过来就扭过，
好脸要配好小伙，
小亲圪蛋……

最后，张乡长也被感染了，清清嗓子，跟百合、梁满仓三个合唱了一段晋剧《沙家浜》里的"智斗"一折，赢得满院子人喝彩。

中午，张乡长一伙唱得尽兴，喝得也高兴，几个人乘着酒劲脱光衣服跳进了水池，晕乎乎的身子被热乎乎的澡水一泡，就更加云里雾里飘飘欲仙了。梁满仓也喝高了，他傻乎乎地坐在水里，笑嘻嘻地说："乡长，原来你脱光衣服也跟我们一样，嘿嘿。"

"本来就一样嘛。"

"哎，不一样，你是乡长嘛。"

"乡长也是人，而且是男人。"

"哎，不一样，跟普通男人不一样，要不工作起来咋那么硬气呢？嘿嘿……"

"嘿嘿……"澡堂的人都笑了。

"梁满仓，你再胡说，把你脑袋摁水池里喝几口，洗洗你的嘴。"张乡长吓唬他。

"别，别，我自己来，"没想到梁满仓还真自个儿脑袋一缩就钻进水里了，还吹出一串串小泡泡，众人被他逗乐了。

过了几天，县里组织精神文明办、扶贫办、广播电台、电视台等部门一行十几人来到桃花峪乡，对乡政府的"一村一户一策"致富典型实地考察，张乡长第一户就领到了百合家。

就在众人对百合"物质文明和精神文明"致富模式进行考察时，忽听的门外又传来汽车的马达声，张乡长一行回头一看，只见县工商局、物价局、卫生局一行人员鱼贯进院。

张乡长不知他们来干啥，忙上去招呼。

"张乡长，听说你发现和培养了一个既物质又文明的致富典型，我们也赶来看看，帮你们一起培养培养。"

"那太好了，太好了。"张乡长喜出望外，一个劲儿地跟人家握手。

可谁也没想到，等人家一行人检查完后，却忽然宣布：燕百合所开的澡堂、小卖铺均无营业执照，属非法经营。而且澡堂水无消毒设施，小卖铺商品一半以上属伪劣产品，必须停业整顿，接受处理。并当场提出罚款三千元的决定。

一下子，全院的人都愣了。

只有梁满仓心里猛地乐开了花，他嘴上却一个劲地说："这怎么可能？这怎可能？"心里却不住地问自己：这是谁他妈干的好事儿呢？怎么这么巧妙地借公家的刀子，不费自己一兵一卒就把她收拾了呢。

十二　配阴婚争夺战

仲夏时节，正当庄稼吱吱拔节的时候，王兰英终于闭上了她那忧郁了一辈子的眼睛。眼不见心不烦，给你们留下这副没有灵魂的骨架，你们谁爱抢就抢吧，反正跟谁都一样儿。

王兰英活着的时候，人们经常看见她独自一人到村里的一座旧庙里去烧香拜佛。其实，这里的庙堂早已被改做大队的粮仓。只是庙堂的飞檐古瓦和雕梁画栋，还保留了庙宇的气息和氛围。墙壁上略呈淡蓝色的各种神像，每天静静地望着那一堆堆隆起的粮食，觉得这里的人还是挺孝顺的，常年供奉着这么多的吃食，心里一高兴，嘴上就笑眯眯的，很亲切。

过去，陆苗旺就是这里的仓库保管员。那时候，王兰英更是这里的常客。她每次来，都要跪在庙门前，磕几头。后来实行了家庭联产承包责任制，这里的粮仓就渐渐冷了、空了，陆苗旺就不再担任保管员了。王兰英自然来的就少了，但逢年过节，她隔三岔五的还常来，也许没有人能明白王兰英来这里烧香的目的，只有她自己心里清楚。她烧香时，双眼紧闭，心里祈祷的大多数都是赎罪：一为狗栓的死，二为燕春雷的死，三为自己死后到阎罗殿千万别被两个男人用锯子锯成两半。因为她打小就听老辈们说一个女人要是在阳间有两个男人，那么去了阴世就会被小鬼锯成两半分给两个男人。

这辈子，王兰英饱受了艰苦和辛酸。除了没享受过幸福的生活，反而背负了过多的赎罪包袱。要说原委，还得从过去讲起。

燕春雷偷粮食打人被判刑后，王兰英因偷山药被抓反与陆苗旺在窖里发生关系，陆苗旺正式成为王兰英家的边套。本来，王兰英一直想为陆苗旺生个孩子，但碍于男人燕春雷服刑不在家里，她与陆苗旺公开生孩子怕被村人笑话儿，就一直寻找机会。终于，在燕春雷服刑期满回来的前两个月，王兰英悄悄地怀上了陆苗旺的纯种，为的是赶在燕春雷回前怀孕，回来后光明正大地生养。就在燕春雷回来后的八个月左右，王兰英生下了个儿子，取名叫狗栓，大名叫燕飞。走南闯北的燕春雷见多识广，他看着三儿子燕飞，皱着眉头在心里掐指一算，就知道这孩子肯定不是他的种，也就是说，这孩子一定就是陆苗旺的种了。于是，他对这个三儿子，横挑鼻子竖挑眼的，动不动就破口大骂。有时喝多了，还用皮带抽他，直抽得燕飞鬼哭狼嚎，陆苗旺心疼得心肝发颤，但只能闭着眼泪往心里咽。他一句话都不能说，因为人家打儿子，与你何干？你要出面阻拦那不就成了不打自招了吗？只有王兰英实在忍不住，就哭着抱住狗栓，替他挨几下抽打。

那时候家里太穷，人多粮少，燕忠、燕孝也常欺负燕飞，常常把他那份可怜的吃食抢走，饿得燕飞老是啼哭，惹得一家不高兴。

就这样，燕飞在燕家磕磕绊绊长到了六岁也就走到了他生命的尽头。那天陆苗旺随车马队往县城粮库送粮，连来带去总共三天，就在这期间，燕飞忽然病了，老是高烧不退。王兰英很焦急，跟燕春雷商量想赶快给孩子看看病。燕春雷不耐烦地说，村里的孩子谁不感冒发烧？有哪个孩子一发烧就去医院花钱？扛扛也就过去了。后来实在抗不住了，才叫来村里的赤脚医生，一检查说可能是急性脑膜炎，得赶快进城去县医院治疗。可家里一时凑不到钱，王兰英就让燕春雷出去借点，可燕春雷一出去就是一整天，晚上回来时喝得酒气冲天。王兰英问他借回多少钱，他含含糊糊地说一分也没借来，明天再去借。王兰英急了，责骂了他几句，他也火了，把王兰英压在身下，脱下鞋底在她身上狠抽了十几下，直打得王兰英抱住头蒙住脸哭喊不已。

第二天，王兰英借了些钱，在匆匆赶往县城的路上，燕飞就慢慢闭上了小眼，原来一直握着拳头的小手也渐渐松开，从王兰英怀里柔柔地垂下来，随着王兰英哭喊摇晃左右摆动。

恰巧，陆苗旺在回村的半路上，碰上了瘫在路旁披头散发、一把泪水一把鼻涕号啕大哭的王兰英。他眼望着死去的儿子，没有流泪，也没有嚎叫，他只是用手紧紧捂住了胸口，觉得里面有一把刀在绞动，绞得他心疼得哆嗦。得知了事情的原委后，他咬着牙把心里绞他的那把刀蘸着血狠狠地磨了磨，又用心尖试试锋刃，就慢慢地把它压到了心底。

从此以后，燕春雷与陆苗旺这个家里的一把手和二把手，就埋下了祸根。燕春雷因心里内疚，老是觉得愧对王兰英和陆苗旺，再怎么说这也是一条活生生的人命。毕竟陆苗旺在自己服刑期间替他支撑起了这个家，养活了他的爹娘、老婆和两个儿子，就算给他生个儿子也是应该的。陆苗旺对燕春雷倒也不说太多的怨言和闲话，只是他心里的那把刀始终在滴溜溜乱转，绞得他心痛不已。他必须寻找机会，把那把带血的刀抛出去，才能解除他心头之痛。

机会终于来了。那是燕飞死了一年后的一个中午，燕春雷一家人到外村的一个亲戚家吃请。那个亲戚的儿子娶媳妇，是个大喜的日子，因此也把陆苗旺叫去了。中午，燕春雷作为一家之主理所当然地坐在了正席上。按当地习俗，各个酒桌的人都要去正席敬酒。因为正席就座的人都是长辈和贵客。几个轮回下来，燕春雷就喝得晕晕乎乎了。下午，其他酒席的人都散了，王兰英与陆苗旺叫燕春雷一起回家，燕春雷正与人喝到了高兴处，怎么说也不回。王兰英家里有事，就让陆苗旺留下等他一起回家，王兰英就提前回家了。

王兰英回家后，陆苗旺就找了个地方坐下，一边喝茶一边抽烟，也不去劝燕春雷，心想，你不是能喝吗？你就好好地喝；你不是爱喝吗？那你就敞开了喝。一直等到晚饭过去，有几个人已经喝得滑溜到桌子底下打起了呼噜，陆苗旺才用一只胳膊挽着燕春雷回村。

亲戚村离桃花峪只有五里地，两个人却足足走了四个小时。

一路上，燕春雷又是唱山歌又是骂人，跌跌撞撞，走一阵，躺一会儿，折腾得陆苗旺满头大汗。有几次燕春雷摔倒在地上，陆苗旺一只手怎么拽也拽不起来，陆苗旺就骂："死猪，你爱起不起，就睡在这野地里冻死算球了。"

陆苗旺嘴上骂的，实际上也是他心里想的。他心里埋藏的那把刀早已转得不耐烦了，他恨不得一刀把燕春雷捅死。可他转念一想，不行，就这样让燕春雷死在这路上，死在他手里，那就太愚蠢了，那不是他害死的也成了他害死的。他要让春雷死，但不能死在路上，更不能死在他的手里。于是，他故意磨时间，让燕春雷躺在冷地上睡，过了两个小时，他一看时间差不多了，才又使劲扶起燕春雷，向家里走去。

快到村口时候，燕春雷走不动了，陆苗旺背了他一段路。进院门时，他又搀扶着燕春雷进门，他要家人看见，燕春雷是很健康地走进家门的。

王兰英一见两个男人都回来了，就忙着同陆苗旺一起把燕春雷扶上炕，给他盖上棉被，想让他睡一觉醒醒酒。过了一会，王兰英见燕春雷睡得很沉，不像往日那样酒后又骂又闹的，有些担心，就问陆苗旺："春雷路上吐酒了吗？"

"吐，好像吐了。"陆苗旺含含糊糊。

"到底吐了吗？"王兰英不放心。

"吐了，不信你闻闻他那张嘴，臭死人了！"这回陆苗旺很肯定地说。王兰英又给他往紧掖了掖被子，至于吐没吐，她也不会去闻他那张臭嘴，反正吐不吐都是臭的，哪能闻得出来？

又过了一会儿，王兰英还在摸燕春雷的头，陆苗旺就一把把她拽上了炕头，搂住王兰英又亲又啃。王兰英明白陆苗旺是想趁燕春雷沉睡这个好机会亲热亲热。可她又不愿与春雷在同一条炕上睡，就用下巴指指另一间窑洞，意思是俩人去另一间窑洞去亲热。可陆苗旺不愿意，他已把自己脱光，就要动手来脱王兰英的衣服。王兰英一看陆苗旺铁了心要在这条炕上做，也就半推半就了。反正一时半会儿男人也醒不了，也就放心大胆地同陆苗旺滚成一团儿。

这天晚上，陆苗旺出奇地勇猛，把个王兰英又揉又撞得嗷嗷直叫，王兰英怕自己声音太大吵醒了燕春雷，有时就咬着牙在嗓子里哼哼，陆苗旺却用舌头把她嘴撬开，故意让她哼哼出声，好像怕燕春雷听不见似的，又好像故意要吵醒燕春雷。但陆苗旺心里清楚，他燕春雷这一觉下去，是否还能再爬起来，那就很难说了，也许只有老天爷清楚了。

王兰英和陆苗旺在被窝里达到高潮后，俩人又乏又累，王兰英还想爬过去摸燕春雷的头，被陆春旺一把给拽住了，他说："你瞎摸啥呀？他好不容易睡踏实了，你一弄把他弄醒，你说有多难受啊。"说着，他穿上衣服，对王兰英说："你想睡这就睡这儿吧，你别打扰他睡，让他踏踏实实睡一夜，明天就啥事也没了，记住了啊！"说着陆苗旺披上衣服回自己的窑洞睡觉去了。

第二天早晨，村里人忽听王兰英冲出屋门，连哭带喊："快来人哪，春雷怎么冰凉了，快救命啊！"

隔壁邻居们最先听到喊叫，纷纷跑过来帮着王兰英把燕春雷扶起来，谁料想，燕春雷的身子没能坐起来，而是被直直地扶着站了起来，因为他身体早已发硬了。

等陆苗旺闻声赶来时，燕春雷早已被家人抬到堂屋的门板上了，陆苗旺禁不住失声痛哭起来。后来，燕春雷村里的燕姓本家怀疑是陆苗旺，甚至还有王兰英共同谋杀了燕春雷，就专门请来了县乡医院的医生来检查，诊断结果是，酒精中毒死亡，属正常死亡。并且通过调查，证实燕春雷那天确实喝了大半天的酒，据一块喝酒的人讲，那天他差不多喝了二斤的酒。他家里人还证实，那天燕春雷回家时，还是亲自走回来的。也许是他自己没有吐酒的缘故，让酒精把他沤死了。既然公家有了结论，燕家人也就没啥再说的了。其实族人都明白，燕春雷这个酒鬼成为真正的酒鬼，那是很自然不过的事儿，就如经常游泳的人被淹死，或者是经常打架的人被打死一样。于是就择了个日子，吹吹打打把他打发埋掉了，让他有机会到阴间阎王爷那里接着喝去吧。

燕春雷死后，陆苗旺就跟王兰英正式领了张结婚证，用陆苗旺的话讲就是总算"转正"了。"转正"后的陆苗旺与王兰英先后生了百合和她的弟弟。但按当地"拉边套"的规矩，女人与边套生的孩子，就算是纯种，也必须跟燕家姓。尽管陆苗旺已转正，但仍算燕家的边套，于是，百合和弟弟不姓陆，只能姓燕，叫燕百合，燕权。

日子越到后来，王兰英到庙院烧香磕头就越多，每次跪在佛祖的面前，王兰英总是念叨着无数遍的念叨：

"那天要是春雷尽早借到钱就好了，要是我亲自去借钱就好了，要是早把狗栓送医院就好了，要是苗旺在家不出外就好了，要是……可是春雷没早借到钱，他喝醉了，也不知是不是专门拖沓了；可是我没有亲自去借钱，耽搁了哇，我送狗栓去医院也迟了；偏巧苗旺也出门不在家，怎会是那样呢？"

她磕了一头，眼一闭，却又看到了燕春雷的影子，她的心里又在念叨："那天晚上要是把他弄醒就好了，给他喝点醋就好了，最好是让他吐掉就没事了，要是……"

王兰英忽然觉得燕春雷用手指着她大声喝问："可是你没管住我喝酒，你也没叫醒我，没给我灌醋，也没鼓捣着让我吐，你没有，你没有，你没有！你就听信苗旺的鬼话，是他害死了我！"王兰英恍惚中一听，犹如一个惊雷，她赶紧用手捂住耳朵，可耳朵里面还是嗡嗡作响。

过了一会儿，王兰英觉得春雷好像走了，猛睁开眼却又仿佛听到春雷的怒吼：你真不要脸，我在炕尾难受得像猫抓心，火烧得我心肝肺都炸裂了，可你跟苗旺却在炕头干得鬼叫狼嚎，我想喊，可我叫不出声，讲不出话，动不了身，我恨不得一刀劈死你们，劈死你们，劈死你们……

王兰英耳朵轰响着，头疼得像裂开了，她撕扯着自己花白的头发，热汗满头满脸，又觉得脖子被人掐得发紧，嗓子眼也跟被堵塞了一样，难受得喘不过气，嘴里"咔咔咔"直往外咳嗽。

折腾了老半天，王兰英不停地甩头，总算把燕春雷的影子甩掉了。可燕忠、燕孝与燕权对她扯胳膊拽腿的情景出现了，嘴里喃喃地说：只有百合心疼我，只有百合她不扯拽我，只有她流泪看着我。想想阳世间她生的儿子们都要抢她、拽她、活扯她，那到了阴曹地府牛头马面的小鬼，手提利锯要把她活生生的锯成血淋淋的两半，一半扔给燕春雷，一半扔给陆苗旺……想着想着，她真的仿佛听到了铁锯撕裂骨头的咔嚓声，她一下子就扑倒在地，昏过去了。

凉风掠过，王兰英清醒过来，她发现自己头朝地倒在土地上，面皮也被擦破了，流淌着红红的血，她用手摸了摸，又颤抖着举到眼前看了看。

忽然，她痴痴地笑了，边笑边喃喃地说："狗栓，燕飞，你是个燕子，就该飞，你飞走了，飞得老高老高……燕春雷，你心眼安歪了，你那是报应，报应哇！"她双手朝天举着，抖抖索索的，"老天爷呀，你就饶了他们吧，苗旺的心也狠了点，他是以牙还牙啊！将来也不知他是不是不得好死，我可不是咒他，我是替他担心呀，老天爷呀。这所有的人，所有的罪，都是由我一人引起的啊，要惩罚就惩罚我吧，反正我已是有罪的人，反正也会被刀劈斧砍的，求求你，把罪过都归到我一个人的头上吧，老天爷呀！"

王兰英早已觉得自己是个受罪的人，早就想一死了之。可偏偏遇上了百合这个孝顺的女儿。不管自己有多忙，每天也总要到她妈的窑洞里端汤送药，按按腿、捶捶背、洗洗身，变着花样儿地给她做点可口的吃食，使她多活了几年。如今，她已双眼一闭，躺在棺木里，一动不动，心想你们爱打哩爱抢哩，随便吧，反正我就这一堆臭肉，你们爱怎么处理就怎么处理吧。怪不得她咽气时，竟然面带笑容，也许她终于悟到：人活着不如死了好。

燕忠、燕孝，还有宋小蝶及燕家本家族的人，早已准备好车马要把王兰英拉走，并且请风水先生看好了日子，准备与他爹燕春雷一同并坟。

可陆苗旺与燕权不同意了。过去他们在百合的说服下，也曾答应王兰英死后与燕春雷合坟。可后来听邵瑞无意中说起这事，邵瑞讲其实按照国家婚姻法有关规定，配偶一方死亡，那婚姻就应自然解除。按现在的情况，王兰英与陆苗旺既然领了结婚证，那就是合法夫妻。双方各执一词，争吵起来。两方人都提起了扁担，抓起了菜刀，怒目相视，剑拔弩张，大有一触即发之势。

这时，人们的目光又落在了百合的身上。百合站在两方人中间，劝他们不要动怒，有话好商量，骨肉之间万不能伤了和气。可双方都听不进去，进而相互开始了推搡。这时只见村长梁满仓领着乡政府民政助理员急匆匆赶到，原来他们接到一个电话，说燕家快闹出人命，请民政助理员帮助调解一下，百合家里人都愣了，都说自己没有打电话，谁这么多事打的电话？这个念头在人们脑子闪了一下就过去了。他们现在哪有心情去猜这个谜。

乡干部的到来，使双方人马暂时松懈了下来，你一言我一语各述自己的理由。偏偏这个民政助理员是个刚上任的新手，这种怪事他是第一次遇到，并且他所学的书本也根本没有这种案例，他一听就晕了，根本不知该如何处理这棘手的事。要说合法吧，都合法，因为他们都领过结婚证。要说偶配一方死亡自动解除婚约吧，燕春雷死了，就算解除了吧。那现在王兰英也死了，与陆苗旺的婚约也算解除了，燕陆两家又重新站在了同一起点上，究竟如何办呢？

村长梁满仓与助理商量了一下说两个解决方案：一是按谁先死就跟谁配，另一个方案是全家人自己解决。

燕忠、燕孝、宋小蝶一伙一听高兴了，既然谁先死跟谁配，那就应和燕春雷配，而且正好还是原配，合情合理合法。

可陆苗旺、燕权一伙不同意，说那谁先死还死得有理啦？那我们活的时间长为家里做的贡献大了，吃的苦还多哩，凭啥？

这时，百合把陆苗旺、燕权劝到另一间窑洞单独说服他俩。百合说要按感情上讲，她肯定愿意妈跟苗旺亲爹配，可现在公家既然这样判定，就有这样判定的道理。再说自己先前为平息打架纠纷，也跟人家签过字据，咱不能失信。更主要的是妈现在已死了，苗旺爹还活着，要是硬等苗旺爹死后再配，那不知得等几年哪，那妈还得单独埋葬，在地下没个伴，就成了孤魂野鬼了，还不如就让他俩做个伴，这样对妈也好。将来等苗旺爹下世了，百合保证再给爹配一个，这样就各得其所，亲人之间也免除了骨肉争斗，不给全村人留下笑柄。

百合一番话，情真意切，打动了陆苗旺和燕权，也深深打动了身边规劝的人。尤其是想到苦了一辈子的王兰英，作为丈夫的苗旺和作为儿子的燕权，实在不忍心在她死后还不得安宁，如再成个孤魂野鬼，那更对不起她了。于是，父子俩含着泪点了点头。

就这样，一场抢夺大战以燕忠一方胜利告终。巧的是在发落王兰英下葬的那天，来了几个讨吃的，他们的唱词竟然也跟这件事联系起来了，不知是他们现编的，还是讨吃的祖辈留下的，反正唱词不错：

前房檐上椽子后房檐上瓦，
咱二人相交两天谁能咋？
你顶上生死我顶上命，
我看他鬼头男人做不了甚。
你顶上生死我顶上命，
凭那些灰小子们也做不了甚。
你拿你的狠心我拿我的纲，
世上好汉咱二人占。
玉稻高来黑豆低，
世上不光我和你。
土打城墙三丈六，
清官也断不了串门子的路。
……

据说，燕孝听出这唱词对他们不友好，就上前揪住了讨吃的领子论理。于是，众人又拥上前劝解，你推我搡，你叫我喊，你哭我唱，就这样，一场丧事就在一种你打我推，哭哭闹闹，哭笑不得的氛围里草草收场了。

十三　车马大店的暧昧生意

燕百合的车马大店正式开张了。

开业那天，百合专门请村长梁满仓来剪了个彩，以示隆重和尊敬。其实剪彩也简单，也就是在墙上挂了个小木牌，上面写着"车马大店"几个字，再蒙上块红布，表示吉利兴隆之意。村长在鞭炮声中把那块红布往上一撩，就撩在了木牌上，仪式就算完成。

这一段时间，百合经受的磨难和压力挺大的。澡堂开业不久就被查封，小卖铺也被罚款，小喇叭被拆除，就是电话幸免于难。加上王兰英去世，百合简直就是精疲力竭。贷款办澡堂、开小卖铺，没挣钱，手里只多了把村民的赊账条。电话不挣钱还常赔钱，打理她妈的后事又花了不少钱，为筹备车马大店开业的钱，她只好去找田福寿贷高利贷。

那天在田福寿的院子里，百合找到了他。当百合说明来意后，他就得意洋洋地说："百合呀百合，你也有求我的时候？"

"啥叫求你？"

"哎，你找我贷款可不就是求我？"

"这话就不对了。"百合不紧不慢地说，"找你贷款那也是看得起你，这也是帮你做生意，我们都不来贷，那你还不得喝西北风去？"

"嗨！你这种话我还是头一次听说，新鲜！求人贷款还说成是帮我，哈哈……"

百合一听转身就走，田福寿忙拦住她说："哪儿去？"

"这你管不着，反正放贷款的又不是你一家。"

"你是说信用社？"田福寿托着下巴乜斜着百合，"那你怎没去信用社？"

"实话告诉你，信用社我去过了，只不过我生意赔了钱，没能还清上次的贷款，不好意思再去，才来贷你的高利贷。"

"啥高利不高利的，咱们好说，只要……"田福寿又是一脸坏笑。

"只要啥？"百合抿抿嘴唇，用白眼盯住他。

"只要……那啥……咱就不高利了，低息也成。"

"只要啥？"百合追问。

"只要……那啥……咱不利息了，借给也行"。

"你到底要啥？"

"只要……那啥……咱不借了，给你也行。"

"放你娘的臭屁，谁要你的臭钱。"百合知道他肚里要的啥花花肠子，气得一扭头又要走，田福寿忙拦住她说，"开个玩笑，开个玩笑，你来找哥贷款，说明你真的看得起哥，来来，你打个条，咱立马办。"

从田福寿那里贷上高利贷，百合把窑洞改建成客房，又统一购买了被褥；把南窑改成牲口棚，院子拓宽成了停车场，原小卖铺改成了伙房。百合为节约开支，自己亲自操勺，反正这里的来人大都就吃个大烩菜、黄米糕、莜面卷卷，好一点的无非也就是个炖羊肉、羊杂、猪排骨，几种家常小炒菜，这些百合都是手到擒来。另外，百合还动员邻居的女人们上山拾点地皮菜、野菜之类，一来能做几样山野特色菜，二来也能增加邻居女人们的收入。

百合的车马大店开张后，生意一直红红火火，忙得百合手脚不闲。因为国道修路，大大小小的车辆就绕道桃花峪，一时间车马大店里来来往往的人，三教九流都有，天天客满。百合店里主要的客人是拉煤车的司机，这些车队绝大多数是宋小蝶介绍来的。其实不用介绍，店里的客房也不够住。因为这一带的村民信息闭塞，根本就不知道国道修路，车辆绕行桃花峪村一带，百合无非就是提前得到了这一信息。当大队车马开进百合车马大店时，其他村民们才知道修道绕路的事儿，有几家也开始打地基修房也想做生意，可已经晚了。也许等他们盖好房子时，人家路已修好就不绕道了。

常来百合车马大店的司机有几十多个。百合就每天给他们留下两间客房，其余的两间客房就接待拉煤的马车车主、做生意的小贩，甚至还有打把式卖艺的艺人。

那帮拉煤的司机每次到店里，把煤车在院里停好，就跳下车吆五喝六地安排吃喝。百合发现这帮司机干活不要命，享受起来也有一套儿，变着法子地享受生活。就说吃吧，每次大都是炖羊肉，炖猪排，再调几个山野菜，往桌上蹾一瓶白酒，就开始大口吃肉，大碗喝酒。反正晚上一般不出车，十次有九次醉，醉了就唱歌、讲笑话，有的还打牌贴纸条，打麻将的也赢钱。

这伙司机们吃饱喝足了，没事干，就生着法子找乐。有时刘贵在家，他们就请刘贵几个给他们吹打几个曲子，有的司机还抱着麦克风乱吼一通；刘贵不在家时，他们就等专到窑里卖唱的讨吃来找乐。

一天下午，天下着雨，司机们在屋里吃喝，从外面走来两个要饭的男女，男的是个瘸子，女的是个麻脸。俩人蹲在屋下渴了就仰起头，张嘴接屋檐滴下的雨水喝。那个男的接得准儿，水珠吧嗒吧嗒就进了嘴里，那女的老接不准，水滴老滴在她的脸上。那男的取笑她说："你脸上麻坑多，水滴儿就爱往坑里跑。"那个女的不服气，眯着眼噘起嘴儿努力试着。

百合进门，正好看见他俩，就忙给他俩倒了两杯开水，又端了一大碗大烩菜，给了他俩几个馒头。俩人边吃边夸百合："好人啊，你心眼儿好，老天爷会保佑你发财的。"

这时，屋里的司机们已吃喝完毕，就叫俩人进屋去唱。司机们点了一大堆歌，什么"小寡妇上坟"、"光棍哭妻"、"老公公烧媳妇"甚至还有"十八摸"等等，唱得俩人满头大汗，气喘不止。

当唱到"十八摸"的时候，忽然一个司机提出要求俩人必须配合唱词做动作，没想到却遭到俩人的拒绝。那司机大怒，猛地把正在嘴里啃的猪蹄骨头就朝那麻脸女人打来，不偏不歪正打在了她的麻脸上。那女麻脸咬住嘴唇忍了忍，没有发作。这时，另一个司机摸出张十元的钞票在手里揉成团，朝瘸子怀里一扔，说唱好了还有赏，俩人还是不答应。那几个司机觉得没面子，就朝俩人乱吼："滚，滚出去！两个臭要饭的还装他妈啥正经人儿！"

俩人手拉手头也不回地出了窑洞，朝大店门外走去。

当百合知道这事儿后，心里佩服这俩人的骨气，心想这天下着雨，又快黑了，他俩能到哪儿去过夜呢？要是在野外还不冻坏了，忙跑出门外去找。

终于，在离大店不太远的村外过去看田人用过的小土窑洞里，她找到了俩人。当时，俩人正点了堆小火烤着，还拉着家常。

男的说："等咱们挣了钱，就不出来讨吃卖艺了。"

女的说："咱就做点小买卖，日子也肯定滋润。"

男的又说："唉，可惜咱是残疾人。"

女的说："残疾人怎么了，残疾人照样挣钱活得好好的。"

男的也有了信心："对，咱今晚上好好息上一息，明儿个咱多走几个门多挣点！"

百合走到他俩跟前，请他们回店里的窑洞去住，俩人推辞不去，说没钱也怕给百合添麻烦。百合笑着说今儿个客人不多，让他俩白住，反正，窑洞闲着也是闲着。俩人才一路感谢着跟百合回店里去了。

渐渐地，百合跟这些司机们也熟了，熟了有些话也就好讲了。

一日，百合悄悄问一个司机："师傅，你们开车经常在路上跑，有没听说过有那种女人？"

"哪种女人？"司机们一听睁大了双眼，"嘻嘻，你打听那种女人干啥？要打听也应该是我们男人来打听，你打听有啥用呢？哈哈。"

"不，不是你们想的那种女人。"百合知道他们想歪了，忙纠正说，"我是说，那、那种被轧死的女人。"百合说着，脸不由得红了，因为她不想说这种不吉利的话儿。

"啥？你、你打听那种女人干啥？"司机们不理解。

"干啥你们就别问了，你就说有没有吧。"

司机见百合有点急了，就说："那种女人多了去啦，老的、少的、丑的、俊的，啥都有。"

"真的？"百合好像不信，"哪有那么多？那可是一条条人命哪。"

"哎，你不做啥就不知道啥。你知道公路上每天出多少交通事故吗？"司机一副见多识广的样子，"事故多，撞死的人就不少，那除了男的，剩下的可不就是女的。"

"嗯，也是。"百合沉吟了一下又说，"将来，我要有用着你的地方儿，你们可得多帮忙。"

"行，太行了。"司机们高兴得直拍掌。

这时，其中一个司机很神秘地对百合招招手说："老板娘，你说你将来用我们办事，我们可是现在就需你帮我们办点事。"

"行，这没说的，有事尽管讲。"百合也很爽快。

"好痛快！"那司机一拍手说，"你要我给你找死的女人，我们可是倒过来，想让你给我们找活着的女人，怎样？"

"找活女人？干啥？"百合一时未明白过来。

"你是真傻呀，还是装不懂。"司机们阴阳怪气地说，"你说那活男人找活女人还能干啥，嘻嘻。"

"噢，"百合一下子反应过来了，她有些不好意思地说，"只是那种女人城里才有，我们这穷山沟，可没有那种女人。"

"不，不但有，而且还是绿色的。"司机们肯定地说。

"真的没有，不信你们自己去找。"说着，百合就忙着干活，她不想跟司机们纠缠这个问题。

百合出去后，不知哪个司机忽然低声说："那还用找？远在天边近在眼前，你们看那老板娘，还能有比她更漂亮更绿色的吗？"

"哈哈……"司机们笑成一片。

"对，她要不给咱们找，咱们就找她。"

过了几天，有三个年轻女人来到桃花峪村，经问寻打听径直到了百合的车马大店。百合一见三个女子，穿着打扮都很新潮，描眉画唇，样子有点妖艳，以为她们是来住店的，就让她们登记交费。

那三个女子一看百合要跟她们收费登记，一时傻眼了，因为她们"做生意"从不交住宿费的，就忙向百合交代说是矿区的宋小蝶让她们过来的，要长住一段时间。

百合不知是怎么回事儿，忙给小蝶拨打电话。电话那边宋小蝶说，前几天，有几个司机跟宋小蝶说百合的车马大店没女人，他们不想住了，宋小蝶就派了几个女人过去伺候他们。

"那、那也不能长住在我这儿呀。"百合有点生气，"那要让村人知道了，还不骂我这店是'黄米店'了嘛。"

"你不知道。"宋小蝶还在劝百合，"那些拉煤的司机挣钱多，路上又寂寞，十个有九个要玩女人，没女人的店他们怎住下去呢？"

"那我不管，他们爱住不住。"百合很生气，"反正那三个女人我是不要。"

"百合姐，你怎么那么不开窍呢？"宋小蝶不甘心，耐着性子跟百合解释，"那些女人除了能帮你干活，还给你交提成，那钱挣得哗哗的。"

"别说提成，就是全给我也不要。"说着，百合就把电话挂断了。

傍晚，那几个汽车司机急匆匆赶到大店，一下车就兴奋地四下里找人，百合见他们像狗一样嗅着转着，就说："别找了，人都让我给撵走了。"

"你，你……"司机们气得七窍生烟。

"你啥呀你，想让我在店里养那种女人，没门。"

司机们无精打采地坐在地上抽烟，其中一个把烟头扔在脚下，用脚狠狠拧灭，问："老板娘，你说你不管那事，那也行，可我们自己领来你可别干涉。"

"那，行。"百合一时找不出反对人家的理由，那种事，人家爹娘、媳妇都管不了，咱凭啥管人家？

第二天傍晚，几个司机忽然从驾驶车里抱出几个女子，搂搂抱抱走进窑里折腾去了。这些人也真好意思，啥也不避讳，打闹声、呻吟声不时传出窗外，弄得百合一家人听也不是，不听也不是。

世上没有不透风的墙，百合的车马大店有漂亮姑娘的消息很快传了出去。村里的一些光棍汉、小赖皮都跑来打探情况，想痛快痛快，都被百合呵斥出去了。

那些人被赶出门外，对百合很不服气，都说："百合是饱汉不知饿汉饥，她男人多受活，就不知咱们这些打光棍的苦。咱又不弄她，弄别人她也管，啥意思嘛！"其中有个光棍，心里实在气不过，就找了只破鞋偷偷地挂在了百合的车马大店门口的灯笼上，后被百合发现了，气得她浑身乱颤。

更可气的是村里的暴发户田福寿，不知从哪得来的消息，竟然也悄悄溜进了百合的车马大店。那天田福寿喝了点酒，喘着酒气缠着百合，非要让百合给他找个……漂亮的，水嫩的，套儿多的女子，还说要是能找个处女，另给……开苞费二千块。

百合告诉他店里没有那种女人，那些女人是人家司机们自己带来，的确跟她没关系。

可田福寿死活不信，最后还要赖说百合要不给他找女人，他就找百合本人。百合知道他心里那点花花肠子，就绷着脸忙着干活，不再理会他。田福寿见自己的热脸贴在了冷屁股上，觉得很没面子，就摆出一副功臣的样子，说："百合，人说吃水还不忘那挖井人哩，你这生意挺火的，可用的大都是我的资金哪！"

"啥是你的资金？"百合没好气地说，"我跟你贷的是高利贷，每月本钱、利息一分不少，咱可不欠你那份人情，我欠不起！"

田福寿一看说不过百合，就凑过来说："百合，你怎那么死心眼儿呢？你要心眼儿活泛点，何必这么吃苦受累挣这几个辛苦钱呢？"

"辛苦钱，我挣得光明，花得踏实，不像别人老挣昧良心钱。"

"啥？你说说，谁挣昧良心钱了？啊？"

"我又没说你，你着哪门子急？"

"不，不行！"田福寿借着酒劲，走近百合说，"今儿个你得把话讲清楚，谁、谁挣昧良心钱了？"说着，他趁百合不注意，用膀子顶了一下百合的肩头。

百合转过身，正言厉色地说："田福寿，看你喝了酒，我也不计较你，可你敢再耍流氓，我可是敢让你脸上开花！"说着，她使劲推他出门。

田福寿知道百合是个说得出做得出的主儿，也就就势下坡，不情愿地被百合推出了大门外。

出了大门，他一边摇晃着一边嘴里嘟囔："百合这个小娘们，也真日怪，有那么好的本钱她不用，岂不是端着金碗讨饭吃。再说了，她也不止一个男人，那一个男人是过生活，两个男人也是过生活，再多一个男人又有啥不妥？人常说，一只羊是赶，那一群羊也是赶，怎就那么死心眼儿呢？唉，真他妈死心眼儿死到家啦。哼，你敢瞧不起我福寿？咱就骑驴看唱本走着瞧……"

十四　猎色

连半傻子燕忠都说：宋小蝶在矿区和村里，简直就是两个人。

在矿区上，宋小蝶勤劳能干，待人热情，跟谁都是笑脸相迎。衣着也相当朴素，几乎不戴金挂银，落了个好人缘，买卖也做得好。可一回到村里，宋小蝶立马就变成了另一个人，衣服很新潮，袒胸露背的都敢穿，连说话口音都明显带有了矿区人的音调，比如在每句话的尾声音总爱带个"嘎"字，让人一听就知道是矿区来的人。每次一进村，她只要是坐小车回来，就总爱坐在副驾驶的位置上，并且把车窗玻璃摇下来，好让人看见她春风得意的模样，也方便她跟村人不停地打招呼。有时在街上碰到亲戚熟人，还要让司机停下车，自己钻出轿车，给女人小孩们撒几把好糖块，要是男人们多就撒几圈好烟，惹得好些小孩们常希望在路上碰到她。

宋小蝶每次回村，她心里最想碰上百合，而且是在百合忙乎得满头大汗，推个自行车摇摇晃晃的时候。要是在街上碰不到，她都要把车开进百合家的大院，跟百合聊上几句。其实，小蝶心里也希望哥哥生活得好一些，但燕百合不能比她小蝶强，尽管小蝶也常帮哥哥一家做点事能挣点钱，她一定要比百合有钱有份儿。每次到百合的大院，她都要指指点点，好像她是这个大院的主人。

她心里从小就怵百合，也不知为什么，就是现在她比百合有钱有份儿多啦，可她心里还总是有点怕百合，虽说百合对她也一直挺尊重的。她就怕百合那双眼睛，每当小蝶在大院指手画脚时，百合也总是不怎言语，总爱拿眼睛盯着她看，看着看着，宋小蝶就觉得手也没劲了，腿也没精神儿了，嘴巴也懒得吧嗒了。她就觉得百合的眼里有一种东西，这种东西好像是一盏探照灯能看穿小蝶的心底，这种东西又好像是一条绳索，能把小蝶的手脚捆住，这种东西更像一根长长的木棍，能摁在小蝶的头上，一摁就把她的头摁低了。可越是这样，小蝶心里越不服这口气。她也知道，在面子上她已比赢了百合，在心里面，她也一定要把这种感觉和局面扭过来。

田野静悄悄的，马路两旁的庄稼绿油油的，随着微风起伏飘摇。宋小蝶坐在桑塔纳上穿行在乡间小路上，远望，像一只红色的小船在绿海里游动。她摇下车窗，望望那水洗一样的蓝天，呼吸了一口新鲜的空气。她觉得这里的空气比矿区要好多了，望着两旁的庄稼齐刷刷地向后跑去，她的心情也顺畅起来。前些天，她回村亲自物色了七八个女孩子，绝对是清一色的处女。这些女孩一直生活在这山沟里，见识少，也胆子小，又没谈过恋爱，更不懂爱情，有的只念过几年书，还有两三个还是刚刚失学的女孩子。她已以招工的名义跟她们订下了合同。那几个女孩子的家长还千恩万谢的，觉得是沾了小蝶这个能干的女同乡的光了。她要下功夫下本钱培养她们成为她的"秘密"武器，为她小蝶也为她们自己挣大把大把的钞票，不，是美元。

正想着，车已进了村，小蝶伸出头不停地与村人打着招呼。不过，这次她没有停下车来散糖或是散烟，而是直奔村北的学校大院。前几天，她通过马五六跟邵瑞讲好了，要请邵瑞当几天老师，业余时间教这几个女孩点日常实用的英语，为的是专门接待矿区里来的老外。百合一听也挺高兴，觉得小蝶已把饭店的业务做到了外国人头上，不容易。

正巧，推开学校办公室窑洞的门，邵瑞、吕明和马五六都在，还正扯着嘴大笑，见小蝶进门，想止都止不住。宋小蝶很好奇，就追问吕明他们笑什么，这么开心。吕明本不想说，可架不住小蝶追问，就只好说是马五六刚讲了一个老师同行的笑话。宋小蝶忍不住好奇，就非要马五六重讲一遍，她也乐乐。马五六也只能给这个近邻的面子，重讲了一遍：说有一个数学老师讲课很生动幽默，就是这种幽默总爱带些颜色。一次，上课时，这位老师在黑板上写一道题，让全班同学共同求解。过了十几分钟后，老师就站回讲台上问："怎么样，答案出来了吗？"同学们都没吭声。他就又分开问，先问女生："女同学们怎么样，解开了吗？"女同学老实胆小，就是解开了也不愿高声说话，所以大都没吭声。老师似乎有点生气了，又问男生："男同学怎样？求出来了吗？"没想到男生到底是男生，大都爱出风头，马上齐声回答："求出来了。"老师很高兴，马上又回头用教鞭指着那些女生责骂："你们这些女生，表现很差，太不像话了，那男生都求出来了，你们怎还没解开呢？"

"哈哈哈。"小蝶一听，果然好玩，禁不住大笑起来。没办法，邵瑞、吕明也只好陪着她一起又笑了一回。

说笑完毕，宋小蝶书归正传，想让邵瑞从今天晚上开始到她家给那几个女孩子们上课，自己也一起跟着学。马五六马上惊呼："乖乖，咱们小蝶老板真是谦虚好学，你要是再学好了英语，那英国的撒切尔夫人也得另眼相看你哩。"

"撒切尔夫人，她可比不上咱哩。"没想到，小蝶还真能顺竿爬。

"为啥？"马五六他们瞪大眼睛。

"为啥？就凭她的满脸皱纹，咱脸上的细皮嫩肉，她就比不了。难道你们当老师还不懂得，年轻就是本钱，漂亮才是财富吗？哈哈哈……"

"噢，倒也是。"马五六他们相互挤挤眼，认为有道理。

闲聊了一阵儿，宋小蝶对马五六说："五六，晚上放学后，你就送邵老师到我家，我好酒好菜款待你们。"

"好的，保证完成任务！"反正马五六与小蝶邻居，顺腿同行，一举两得，他高兴得直咧嘴笑。

傍晚下学时，马五六专门等邵瑞下课，送他到宋小蝶家吃饭、上课。为了晚上这顿饭，马五六中午几乎没吃，他在腾空肚子，准备晚上大吃一顿。他知道宋小蝶有钱，酒桌上肯定丰盛。谁料到，邵瑞根本不打算去小蝶家吃饭，可把马五六气疯了，这等于吃进嘴里的肉往外吐，谁舍得？于是马五六气哼哼地说："邵老师，你说你，人家宋小蝶给你上课费，一小时就给你五十块，你倒好，一分钱也不要，完全是义务服务，你说你傻不傻。"

"这有啥傻不傻的，咱学的就是这专业，上几堂课还收啥费。反正咱晚上也没事干。"

"就算你姿态高，可人家请你吃顿饭，你也不去，这就讲不过去了吧？"

"嗨，上堂课还吃啥饭，给人家添麻烦，再说了，咱伙食蛮好的。你看，小米稀饭香喷喷的，拌野菜，多绿色。还有为弥补你今晚的损失，我还上唐麦穗家端豆腐时给你割了一斤猪头肉，油光光的。"说着邵瑞还真的给他端上一盘猪头肉。

马五六这才转怒为喜，忙用手捏起一块填进嘴里，大口嚼着，边吃边说："香，确实香。"

吃完饭，马五六就领着邵瑞直奔宋小蝶家里来了。

宋小蝶家里的建筑及配套设施，令城里来的邵瑞也赞叹不已。特别是在这盛夏季节，院中花坛里的鲜花正怒放着，跟个小花园似的。宋小蝶的会客室，全部是真皮沙发，玻璃茶几，壁灯、落地台灯一应俱全。宋小蝶和几个女孩子早已等候在会客厅，会客室的正中央还立了一块移动教课板，板上还备好了写大字用的粗杆大头笔。

邵瑞进来后，宋小蝶笑着说："邵老师架子真大，想请你吃饭都不给个机会。"邵瑞忙解释了一番，就开始上课了。他环视了一下，忽然邵瑞发现，他班里前几天退学的两个女学生，竟然也在这里，就吃惊不小。这五六个女孩个个长得水灵灵的，俊俏中透着一股青春和纯朴的气息。

邵瑞本来准备从字母、音标教起，没想到宋小蝶倒先提出了一个学习方案。她说既然叫速成班，就别太费劲，认识字母后，就直接学些日常用的简单句子，最简单的方法就是在单词下边标明英文翻译过来的汉字，如 plane（飞机），在单词下写上"扑来"。car（汽车）标明"卡阿"、Can I help you（我可以帮你吗）？就标明："砍爱候朴油？"邵瑞对这种学习英语的方法感到很可笑。但他也觉得这倒也不失为一种土办法，就笑着依了宋小蝶。

这时，宋小蝶又交给邵瑞几张纸，上面写着一些服务常用的单词和对话，请邵瑞翻译标明中文。邵瑞扫了一眼，见上面写满了"谢谢，欢迎光临，欢迎下来再来，你需要哪种特殊服务，一至一百的美元，处女宝，推油，冰与火的缠绵……"

看着，看着，邵瑞身体不由地打了个激灵，尤其当他看到了什么推油，冰与火的缠绵时，他忽然觉得身上起了一层鸡皮疙瘩。这几个词，突然使他联想起他跟踪妻子丁丽时，那两个男鸭子的话，是何等的相似呀。他不由得对宋小蝶办这个英语速成班的目的产生了怀疑。

第二天上完课，邵瑞来到了百合家，想与百合探个究竟。

百合家的大院停满了汽车，司机们正在吃喝，几个衣着妖艳的女子正陪司机们喝酒划拳，谁输了谁喝酒。一个司机喝得醉醺醺的，一手举着酒杯，一手搂着女人脖子，嘴巴在女人的脖子上蹭来蹭去。看见百合双手端着饭盆过来，顺手就在她大腿上摸了一把，百合眉头皱了一下，随即笑着说："小心剁断你的粪爪！你不要吃着碗里的看着锅里的。"

"那你就是锅里的？舀到碗里不就成了我的？"司机嬉皮笑脸。

"我可是块骨头渣，吃到嘴里能噎死你！"

正说着，百合看见邵瑞进来，忙迎上去问他吃过午饭没有。

邵瑞皱着眉头，四下里看了看，对百合说："你看，这乌烟瘴气的。"

"管他们哩。"百合摆摆手说，"反正是人家自己带来的，咱也管不着。"

"可、可这影响不太好。"瑞邵又说，"你得让他们收敛点。"

"那咋管？"百合双手摊了摊，"不由他们折腾，他们就不来住店，唉。"

邵瑞见百合也为难，就不再说三道四。他跟着百合进了伙房，见四下无人，就把自己心里的疑虑向百合说了说。

百合一听，也觉得有点不对劲，但她一时也闹不清楚。想了想，就抓起电话给她哥燕忠打了个电话，燕忠才断断续续地告诉了她个一知半解。原来前段时间，矿区里来了几个外国专家，长得人高马大，身强体壮，不知从哪里得知宋小蝶手下有花姑娘，就到小媳妇饭店找她。宋小蝶一见有美元可赚，心里早乐开了花，可没想到这几个洋人的胃口还挺高，他们要求挑选长得漂亮的、身体健康的。如果有处女，开苞费可高达八百至一千美元。用中国的俗话讲，他们宁吃金杏一颗，也不吃烂杏一筐。宋小蝶给他们拿出一沓照片让他们挑，他们竟一个没相中。小蝶急了，忙向他们承诺，一个月内保证给他们送来最纯洁、绿色的处女，供他们享用。几个外国佬还挺像回事地留下了订金。宋小蝶火速回村亲自物色了几个漂亮的小姑娘，以饭店业务培训为名，进行强化训练，速成培训。

打听清了事情的原委，百合和邵瑞半天没言语，他们对宋小蝶的行为感到震惊、愤怒，同时也恨自己差一点就成了帮凶。百合怎么也想不到，现在的人怎如此随便和放荡。邵瑞说，这主要是因为近几年，文艺影视的普及，许多人特别是农村人的传统道德观念被冲淡、冲散，而新的论理、道德规范又没有确立起来。人们做起事来没有一个道德约束，因此就迷失了方向、失去了规矩，思想乱了，行为也就乱了。

"那这事儿怎么办？"邵瑞问百合。

百合沉吟了一会儿说："这件事一定得阻止。这种伤天害理的事儿，简直是在造孽，是要遭雷击的，咱们一定得想办法给她搅黄了。"

"有啥好办法？"邵瑞心里还是没底。

"这事你就别管了，你一个外来人，得罪了他们就麻烦了，我亲自去办。"说着，百合就摘下围裙，到那几个女孩子们家去串门了。

过了几天，宋小蝶又回到了村里召集那几个女孩训练，却发现这几个女孩子都不愿过来了，她们的家长也对小蝶是冷脸相对，眼睛里闪出的光如一只只利箭，直向小蝶射来。

宋小蝶明白，这肯定有人从中作梗，搅了她的美事。她只觉得将要到手的美元被人撕得粉碎，并劈头盖脸向她砸来，她的心随着钞票的碎片纷纷坠地，一点一点地向下沉去。她的心在滴血，从紧咬的牙缝里迸出一句冷飕飕的话：谁坏老娘的好事，老娘饶不了他！

十五　午夜突袭

夜，深了。夏日的夜晚，清凉而寂静。

劳累了半宿的百合刚刚入睡。今天一趟就来了八辆煤车，看来这趟煤车司机们的生意不错，还带了四个小姐回来过夜，又是吃喝又是闹腾，把百合和刘贵折腾得够呛。忙乎完后，百合一看已快半夜了，就和刘贵回窑洞休息了。

忽然，大门外响起了隆隆的汽车声，随着又传来了砰砰的砸门声。百合忙穿衣起炕，匆匆走出窑外，就看见大门外红光闪闪，好像是警车上面的警灯。她刚要去开门，就见院墙上已跳下五六个人，手拿手电筒径直朝司机们住的窑洞扑去。

不一会儿，窑洞里就传出了扑腾声、喊叫声。随即，七个司机和三个小姐被带出门来，排成两小排，手抱着头，蹲在了当院。其中一个小姐还猛地跳起来朝大门跑去，被早已埋伏在门外的公安捉个正着，像拎小鸡一样又把她拎回院当中，喝令她老实点，蹲下。

几个警察清点了一下人数，发现少了两人。就低声嘀咕："怎少了两个人？据报案的人说应该是八个男的四个女的，跑哪儿去了？"

这时，一个警察朝百合走来，厉声问她："你是店主吗？"

"是，是的。"百合禁不住打了个冷战。

"今天总共来了几个住店的？"

"十二个，八个男的，四个女的。"百合很痛快地回答。

那个警察听百合的痛快答复反倒愣了一下，随即又问："那两个跑哪儿去了？"

"两个？不知道哇。"百合还真不知道。

这时刘贵和宋根红也被带到了当院，一个警察问："这俩男人是谁？"

"我男人。"

"哪个是你男人？指一下。"

"……"百合犹豫了一下，没吱声。

"哪个是？"警察追问。

百合下意识地盯了一眼宋根红，警察马上就明白了，一转身就把刘贵推到了司机堆里。

"不，不是。"百合急了，"他也是我男人。"

"啥？"一个警察愣住了，随即又大笑起来，"你急昏头了吧？你能有两个男人？哈哈……"警察也跟着笑起来，"男人是男人，只不过应该在前面加个"野"字吧？"

这时一个警察止住笑说："去，把你的结婚证跟营业执照拿来。"百合忙回屋拿出了结婚证和营业执照。

警察用手电晃了晃，一看果然宋根红是她男人，他笑了笑，把结婚证和执照扔在一边，指着刘贵和百合说："这个是嫖客，这个店主也参与了卖淫，一块带走。"

"别，别带他走……"这时宋根红也急了，忙上前对警察说，"那个男的也的确是她的男人，千万别误会。"

"啥？哈哈，"警察也忍不住笑了，"天下还真有自愿戴绿帽子的人呀，哈哈……"

就在这家人说不清道不明时，门外又急匆匆走来几个人，走近一看是乡长张立功和村长梁满仓，俩人一看真误会了，就忙附在警察耳边解释了一番，警察这才恍然大悟地点了点头，随即把刘贵和百合又放了回来。

过了一会儿，几个警察头头走到一边商量了一下，就走过来宣布他们罚款决定：司机、小姐每人各罚三千块。当场交清当场放人，当场不交就先带回派出所，啥时交清啥时放人。另外对店主燕百合罚款两千块。

百合急了："凭啥？我一不卖淫，二没让别人做，别人做是别人的事儿，跟我有啥关系？"

"哎，有啥关系？我告诉你，你为他们提供卖淫场所，这就该重罚。"

"啥叫提供场所？"百合不服气，"人家花钱住店，我能不提供场所？……"

"少废话！"百合还要争辩什么，就被警察不耐烦地打断了，"你交还是不交？"

"我哪有那么多钱？不交。"

"好，你还挺硬是吧？"警察对其他人挥挥手，"把她的大店窑洞先封上，啥时交钱啥时拆封条。"

这时，蹲在当院的司机和小姐们也吵作一团。司机们在互相筹钱，小姐们也跟着起哄："老公，一日夫妻百日恩，你就把钱给垫了吧，啊！求求你啦！以后我找机会多补偿你几回还不行吗？"

"闭嘴！"警察听了心里暗笑，嘴上却威严得很，"怎？还想有下一次？你们就是欠罚。"

"叔叔，我们这是家事儿，您就别管了。"一个小姐竟然胆大，顶撞起警察来了，"不然的话，我们哪来的钱交罚款？"

警察一听，怕收不齐罚款，就不再干涉人家的"家事"了。

就在这时，停在院子里的煤车厢上忽地站起两个黑乎乎的人影，连警察也被他们吓了一跳，忙用手电照上去，竟发现是一男一女，只不过俩人脸上涂满了煤尘，黑胡画脸地挺吓人的。原来这正是失踪的一个司机和小姐。他们嫌窑洞里人多，不方便，又闷热，就悄悄跑到了空车厢里。在车厢里铺了块装完化肥的蛇皮袋，清风凉爽地折腾，后来折腾累了，就迷糊睡着了。是后来的吵闹声把他俩惊醒了，迷里马虎地往起一爬，就正好被警察抓个正着。俩人心里懊悔得直挠头，心想咱就不往起爬藏着多好，这一爬不要紧，六千块钱就打了水漂。其他司机和小姐幸灾乐祸地嘿嘿直笑，心里骂，这俩浪货，再让你们吃独食，再让你们躲清闲，再让你们在月亮下做好事，我们不管你们，神仙也得罚你们，活该！

警察走后，百合头脑乱糟糟的，她心里明白，这肯定是有人举报警察才来的，而且情报那么准确，连几个人都清楚。可她一时实在想不出是谁告的密。一个个嫌疑人在她脑海里跳出来，又一个个被她否决掉。她总觉得每个人是有缺点和毛病，可她又总觉得哪个人也没那么坏，用刘贵的话说，在百合的心目中，天下就没个坏人了。后来，村人们议论纷纷，有的怀疑是田福寿告的密，因为他老想占百合的便宜，老占不上，加上百合又不给他联系小姐，因此怀恨在心；也有人怀疑宋小蝶，说宋小蝶怀疑是百合打乱了她村里招收处女的美事儿，借机报复，并且她跟司机们熟，了解司机们的规律和情况。

甚至有人竟怀疑是刘贵告密。说刘贵怕百合生意越做好，怕宋根红家有了钱，自己就处于无用的地位，怕被炒鱿鱼。又怕百合被司机们带坏了，怕司机勾引百合等，反正说啥的都有。但有一条是不争的事实：那就是百合的车马大店被封了。

百合的车马大店被封后，经济一下子又陷入了困顿。本来司机们的吃住就是先记账后付钱，店被封了，司机们被罚后再也见不着面了。百合手里光捏了一把欠账的白条，几乎有一半的账目没结了，可算是赔彻底了。再加上罚款，百合真的是一点办法也想不出来了，整日呆呆地坐在院子里，望着窑门上的封条发愣，美丽的眼睛里流露出深深的忧伤。

这天中午，百合又坐在院里大树下发呆，树上的知了热得昏了头，昏天黑地地叫个没完。百合正自个儿琢磨着，自己咋这么不顺呢？澡堂倒闭了，小卖铺停业了，车马大店又被封了，信用社的贷款没还，田福寿的高利贷更没着落，家里点积蓄全赔光了，这么大的窟窿怎来补。

百合正皱着眉头想着，忽见村长梁满仓和一个中等个头、留着平头挺着肚膛的男人进来。

"百合，看谁来了？"村长进门就打招呼。

"表妹，哥来看你了。"那个胖男人显得挺热情。

"表妹？"百合愣了一下，她一下子真未认出这个自称表哥的人。

"咋？把表哥忘了？"来人显出有一点不满的样子，"你爹跟我妈可是亲表兄妹呀。"

"噢，"百合想起来了，她强打精神咧嘴笑了笑，"哟，是表哥金发呀，你看我，这好几年没见，真快把你给忘了。"金发大名叫仝金发，原先也在这个村里住，后跟他爹搬进县城里住去了。

"百合，听你说挺能干的，啥买卖都能做，发大了吧？"仝金发不知是真夸哩也不知是故意戏弄百合哩。

"你快别笑话我了。"百合脸忽然通红，她随手指了指被封条封了的窑门，"连几间破窑洞都被封了，还说啥发不发的。"

仝金发还挺认真地走到破窑洞门前往里看了看，他看见封条已被撕了一半，忙问："百合，你咋把封条给撕了呢？"

"不是我，是让毛驴给吃了一半。"

"哈哈，"仝金发忽然大笑起来，"这正说明派出所不公道，连驴都不服，把它撕扯着吃掉变成大粪再拉出来。"

"嘻嘻。"百合也被逗乐了。

"看看，笑了吧？"村长梁满仓插话说，"你表哥这次回村就是要让你笑，让你笑着挣钱。"

"挣钱？"百合有点不信，"就凭我这命还能挣钱？"

"百合，这话可不像你说的。"村长说，"谁不知道你啥都敢想敢干，怎么，这次竟稀松了？"

"不是我稀松。"百合摊着双手说，"咱现在不单单是两手空空，还债务摞了一脊背，压得我都快透不过气了。俗说话，这无本难求利，怎还能挣钱？"

"对，表哥这回就是要让你做一次一本万利的，不，叫无本万利的好事。"仝金发挥着手说，那架势好像已经那无本的万利哗哗流进了腰包似的。

"真有这样的好事？还能临到我这样的人头上？"百合不信。

"你看你，怎还不信呢？"仝金发有点急了，"谁让你是咱表妹呢？有好事不想着你，还能想着别人？"

"真的？"百合还是半信半疑，"就我，凭啥？"

"啥也不用凭。"仝金发一手叉腰，一手指着百合，又指着大院转了一圈儿说，"就凭你这个人的人缘，就凭这么宽敞的大院，那么多可作仓库的窑洞，就足够了。"

"啥？你要用这院子和窑洞？可这窑洞已被封了……"百合心里急，嘴上就有点语无伦次。

"别急，百合。"仝金发看出百合是一朝被蛇咬，十年怕井绳。忙说，"这大院，这窑洞，他们查就叫他们查了，封就让他封了，反正咱也不准备费那么大的劲，开啥澡堂呀、小卖铺呀、车马大店呀。"

"那还能做啥？"

"专、卖、化、肥。"仝金发一字一顿地说。

"专卖化肥，这倒是个好事，可那得需要多少本钱呀？"

"一分本钱也不需要掏。"

"凭啥？"

"就凭我取得了东北哈尔滨一家化肥厂在本地区的独家代理权，货到先卖，卖完了再交款。你这儿交通方便，场地宽大，卖化肥最适合不过了。告诉你吧，你这儿已是我在本地区设的第五个卖点了。"

"太好了！"百合来了精神，"那我具体咋办？"

"好办，你只管卖货，进几吨就出几吨，把钱点对了就成。但有一点，你可千万不能赊账，一是压本钱，二是不好要账。"

"那啥时开始？"

"从后天就开始进货。"

过了两天，仝金发果然引着车队拉着化肥浩浩荡荡开进了百合的大院。百合大院当中，还有窑洞垛满了小康牌化肥。仝金发占用百合家的场地，让百合代卖，承诺给她百分之一的提成。一时间，百合家大院里人喊马叫，机器轰鸣，又恢复了往日的喧哗。

没几天，村里有人传言百合又勾搭上了仝金发，用人家仝金发的化肥来发横才。据百合的一位亲戚讲，说这话儿的是田福寿，因为田福寿家也常年卖化肥，只不过他是靠放高利贷给村民，但又不贷给村民现钱，让村民们手持贷款条来买他的化肥。据村民们讲，田福寿的贷款利息极高，他的化肥质量又不好，还必须得买。百合家开了化肥点，田福寿的化肥生意就大打折扣了，散布点流言蜚语就不难理解了。

一天下午，邵瑞又来百合家用她的电话上网，摆弄了一阵儿后，邵瑞对百合说，从网上查了查，没查到东北哈尔滨小康化肥厂。他又听村长家的儿子说，他爹跟仝金发在家里喝酒，说挣了钱仝金发与村长分，但村长始终没出面承名。邵瑞很担忧，他让百合注意一点，千万别再出啥差错。百合听后笑笑说，金发怎说也是我表哥，他再坏也不会骗亲戚吧？再说啦，化肥是人家的，咱又没垫一分钱，只不过通过咱的手，怎来的怎走，没啥大事。

邵瑞觉得自己也是一种直觉，一时又讲不出啥地方不对头，也不好再说什么，只能是提醒百合多长个心眼罢了。百合送邵瑞出门，正好被门前山坡上放羊老汉看见，那老汉一见两人并肩走出大门，就又扯开嗓子吼上山曲儿：

伙计好打口难开，
打下个伙计心难猜。
河里头吃水撑杆杆吊，
俩人打伙计还要教。
咱俩人从此相好就不由人，
一阵阵儿不见就丢了魂。
七九河开八九雁来，
小妹妹开花心早就开。
哥哥你那老实不敢开言，
好事那个多磨工夫缠。
痴心哥哥面前站，
黑眼珠珠看妹妹。
二两冰糖递在妹妹手，
因个说来逗笑哥哥开了口。
一疙瘩瘩冰糖喂在妹妹口，
你爱哥哥咱俩爱在心里头。
好容易哥哥开了口，
妹妹我一点也不害羞。
钟鼓楼上麻雀飞，
小亲亲可不是小气鬼。
石沙沙地里栽白葱，
小妹妹才是个精明人。
两人相好各一半儿，
打伙计打个两情愿。
……

十六　谋杀传说

这段时节，正是庄稼疯长之际。村人们都忙着购肥浇地，百合家的化肥就显得格外好卖。许多手提现钱的村民大都愿意到百合家买肥，图的就是百合的性子好，人缘好，肥价也合理。也有小部分手里缺钱的村民只好到田福寿家去贷高利贷，然后拿着欠条去领肥。好多人都反映田福寿家的化肥价格又高，质量也不好，但具体到啥不好，他们也说不清楚，他们手里又没仪器，更不懂化验啥的。心里堵得慌，嘴里却说不出个子丑寅卯，只能是哑巴吃黄连——有苦没处诉。也有极少数的村民，虽然手里缺钱，但打死也不愿去田福寿家受那份气，就抱着试一试的态度，找到百合想跟她赊点肥，过些日子凑到钱马上就还。百合心肠软，又都是乡里乡亲的，她实在不忍心把他们顶回去，尽管表哥全金发一再吩咐宁可贱卖也不赊账，她还是忍不住，悄悄赊了一部分肥给村民。她想村民们到时实在还不了，就算欠她本人的，她再用提成跟全金发顶账罢了。

眼下正是给庄稼追肥的关键时节。村人们把水引到庄稼地里，然后把化肥拉在地头的入水口，把化肥均匀地洒进水里，让水驮着化肥进入地里，浇到庄稼的根部。百合家虽然忙着代卖化肥，但几亩口粮田也不敢耽误。于是，百合自己留在院里卖肥，让刘贵去庄稼田里浇地，宋根红帮着照看小渠。

在地里，刘贵进庄稼田用铁锹左铲右堵引水前进，宋根红坐在地头的入水口，用碗一碗一碗地把肥撒入水中，送进地里。忽然，刘贵在地里的另一头喊宋根红，说水有点小了，看看是不是有跑水的塌渠。宋根红一听忙挂了拐杖沿着水渠去看。果然发现是紧挨着唐麦穗家的地垄塌了一个小口，水正哗哗地往唐家的庄稼地里流。宋根红忙喊不远处忙乎的唐麦穗来堵一堵缺口。唐麦穗却笑着不慌不忙地说："缺口是水自己冲开的，又不是我成心扒开的，它想过来就让它过来吧。我专门堵它还不跟我急？就让它们把憋在那儿的劲儿放放，劲儿小了它自然就不流了。"

宋根红一听心里就来了气儿，心想：站着说话不腰疼。啊，这水分明是我家的流进你家的，要是你家的流进我家的，你肯定就说不出这种屁话，不，连屁都不如，简直就得按减价屁处理。

于是，他又对唐麦穗说："麦穗，你别开玩笑了，快来堵一堵吧。你也知道，这可是我放了化肥的肥水呀。"说到这儿，宋根红心里虽急，但自己急也不管用啊，谁让咱是个废人呀。他想缓和一下气氛，因为他也知道，唐麦穗也是个吃软不吃硬的主儿，就又说："麦穗你没听说过肥水不流外人田吗？快，快帮哥堵上。"

哪料想，唐麦穗慢吞吞地说："缺口又不是我自己扒的，凭啥叫我堵？再说了你家人都流到外人田了，还在乎这点水儿？要堵，你喊刘贵过来堵，我不管。"

"你，你，你……"宋根红气血一下子就涌上了头部，他脸涨得通红，手脚不停地抖动，他想用一根拐杖指着唐麦穗骂娘，没想到，由于气愤，使得劲大了，随着拐杖的惯性，他站立不稳，一下子就摔到了水渠里。他干脆就不起来，用身子堵着缺口，嘴里哭骂着唐麦穗不是人，占别人的便宜。

刘贵听到了宋根红在水里扑腾哭骂，赶忙提着铁锹跑过来，他一看宋根红在泥水里打滚喊叫，就忙想搀他起来。可宋根红根本就不想起来，使劲挣脱刘贵的搀扶，又滚到泥水里，好像在泥水里打滚儿骂人挺舒服的。宋根红骂着唐麦穗，忽然又骂起了刘贵，骂刘贵是个光吃料不出力的驴子，还硬要刘贵提上铁锹劈唐麦穗。弄得刘贵笑也不是，恼也不能，劈唐麦穗不行，不劈唐麦穗也不行。干脆，他把铁锹把垫在屁股底下，抽出烟来，一声不响地听宋根红与唐麦穗对骂。

过了一会儿宋根红骂得累了，滚得也乏了，火气消得差不离儿了，刘贵才把他从泥水里抱出来。唐麦穗还一个劲儿地道歉，说宋哥你这人怎么这么不经逗？开个玩笑你就生这么大的气，何必呢？宋根红只是喘着粗气，闭着眼儿不理他。

宋根红被刘贵用驴车拉回家后，就生起病来。本来他就是个废人，加上在泥水里折腾了半天，除了腿更加瘸外，又添了个头疼。这下可苦了百合，她一会儿在屋里伺候宋根红，一会儿又跑出屋外卖化肥，忙得腰酸腿痛，可她还得咬牙挺着，连句牢骚也不敢讲，因为她一讲牢骚，宋根红就会比她还牢骚。

这天上午，宋根红躺在炕上，百合跪在他身边给他按摩。忽然院里有人喊要拉化肥，百合忙对宋根红说稍等会儿，她去去就来。可没想到卖化肥的人一拨赶一拨，百合忙得只顾数数，点钱，生怕忙中出错，就把给宋根红按摩的事暂时给忘了。

宋根红躺在炕上等了半天，也不见百合回来，就爬起身趴在玻璃窗上往外瞧，他看见百合一边帮着村人搬肥，还一边跟人家说说笑笑的。他心里不由大怒，心想，老子病得都快活不过来了，你还有心思跟别人说笑，只怕是见老子生病高兴，盼老子早死吧？想到这儿，他也不知从哪里来了股劲儿，硬撑着坐起身来，摸索到拐杖自己趔趔趄趄挪出了屋外，抄到百合背后，朝百合的后背给了一家伙，百合疼得"啊"地叫了一声，忙闪身躲开，发现原来是宋根红在用拐杖打她。她一下子愣住了，她不知他为啥平白无故地打她。她想问个明白，没想到宋根红根本就不给她问的时间，又抢起拐杖追着打她。百合也顾不上再问话，忙抽身向旁边的化肥堆跑去，她想绕着化肥垛转圈儿，来躲避宋根红的追打。

这时，刘贵正在化肥垛上给村人往下搬化肥，看见宋根红挥着拐杖追打百合，正想劝阻，谁知宋根红也看见了他，气儿不打一处来，抢起拐杖朝化肥垛上的刘贵打去，没料到拐杖短没够着刘贵，反而打在了一摞化肥袋上，那垛化肥袋本来就没垛好，加上化肥袋发滑，宋根红用拐杖一拨拉，正好拨拉下一袋化肥，不偏不倚砸在了宋根红的身上，宋根红一声惨叫倒在地上。

等众人把宋根红扶起抬进屋里，发现他的右臂已肿起来，村里的赤脚医生赶来简单地诊断了一下说：可能是右胳膊骨折了，建议赶快送县医院治疗。百合一听急了，忙安排刘贵家里看肥，自己从卖化肥的钱里抓了几把，就随着马车送宋根红进城看病去了。就在百合到县城陪宋根红看病这几天，村里有人到处传言，说刘贵嫌宋根红碍脚，浇地时趁四周无人，从背后把宋根红推入水坑，想要淹死宋根红，宋根红几次想爬出水坑，又都被刘贵推下去，差点就淹死了。

还有人传说刘贵见宋根红追打百合，就借站在化肥垛上的机会，脚踏化肥袋暗中一使力，就蹾下了一袋化肥，差点把宋根红砸死；更有人说宋根红命大，两次都大难不死，但他躲过初一，也躲不过十五，刘贵和百合既然起了杀心，谁也拦不住，看来宋根红命丧黄泉也不过是迟早的事了。

村里人的议论传闻，很快就传到了矿区宋小蝶的耳朵。据说田福寿还特意上了趟矿区，找宋小蝶作了"专题汇报"。宋小蝶就不能不引起重视了。她跟几个本家亲戚商量了一下，觉得哥哥宋根红的处境的确很危险，他是个废人，要是刘贵他们真有心除掉他，还不跟捏死个臭虫那么容易？于是决定必须镇压一下刘贵他们的邪气，把他的念头打回去，给她们点颜色看看。

就在宋小蝶雇了几个社会上的打手直接到桃花峪村里痛打刘贵的同时，宋小蝶拽着燕忠径直赶到县医院，在宋根红的病床前与百合对起阵来。

百合知道宋小蝶正在气头上，来者不善，就坐在床沿上不言语，她要看看宋小蝶如何撒泼。

宋小蝶见百合一言不发，以为她是做贼心虚，理亏，不敢言语，就胆子壮了，她拉住哥哥宋根红的手说："可怜的人啊，你差点就没命了哇！"

宋根红瞅瞅自家妹子，只是眼珠子转了转，没吭声。

宋小蝶见哥哥激不起火花儿，就又把目标转向了百合，她一把把燕忠拽到跟前，对百合说："百合，你睁开眼看看，咱俩是换亲，公平交易，可你看清楚了，我把你哥养得是膘肥体壮，你却把我哥折腾得奄奄一息，你说公平吗？"

百合冷眼看着她，还是一言不发。

宋小蝶一看逗不起百合的火来，就想牛头不煮烂，填火再加炭。她手捂在心口窝说，"你再摸摸自己的良心，你哥跟着我住得是啥房子，吃的是啥菜饭，穿的是啥绸缎。你看看我哥跟着你，过的是啥日月，受的是啥罪过？"

唠叨了半天，百合始终是一声不吭，只是用眼睛盯着宋小蝶听她表白和数落。宋小蝶见百合不吭声，胆子就更大了，她随手从皮包里掏出一摞钱，朝百合怀里一摔，大声说，"给我哥用最好的药，打最好的针，别借口说没钱把他耽搁了。"

"啪！"百合忍不住了，顺手把那摞钱使劲摔到小蝶怀里，大声说："收起你的臭钱，我的男人我心疼，我男人的病我来看，用不着你来闲吃萝卜淡操心。"

"哼，你也知道他是你的男人？"小蝶哼着鼻子耻笑说，"知道是自己的男人，还让别人差点给害死？我看你不是凶手，也是帮凶。"

"谁是凶手？谁是帮凶？你今天说清楚！"百合呼地站起来，指着小蝶责问。

宋小蝶一看这阵势，心想不给她点厉害，以后的日子还真没法过了。就先下手为强，一抬手就揪住了百合的辫子。百合被小蝶拽得弯下了腰，她实在忍无可忍了，一抬头就把小蝶顶得摔了个四脚朝天。这几年宋小蝶养尊处优，哪里是百合的对手，几个回合就有点招架不住了。

她哭着向哥哥求救，没想到被宋根红抬手就给了个耳光，他怒吼道："滚，你给我滚！"

宋小蝶气得一扭头，捂着脸跑出门外。

宋小蝶刚走，仝金发就找到医院来，他把百合拉到走廊里，话里话外责怪百合不该撇下生意不管。百合说家里有刘贵盯着哩。仝金发说这几天百合不在生意远不如前段日子。他还说有人告诉他说百合竟私自做主赊给村里人化肥，这可不行。反正他只对百合，别人欠钱就等于百合欠款。百合解释说乡里乡亲的，说一点也不赊，那也不切实际。做买卖除了挣钱，还得有人情味，这样生意才能兴隆。仝金发有点不耐烦百合的大道理，他说他不管啥生意呀人情呀，他只要挣钱。临走，仝金发还催促百合早点回村里照应化肥摊，并告诫她要多长个心眼儿，特别是注意工商部门的检查。百合说咱们合理合法做生意，怕他们做啥。仝金发只好摆摆手说：大道理谁都会讲，可人家要找你的毛病还怕鸡蛋里挑不出骨头来？谁家的锅底没黑？这社会，做人就得夹着尾巴，做事就得弯着腰杆，这样才行。

百合刚跟小蝶吵完架，心情不好，她不想多跟仝金发争辩。她只是朝他摆摆手说，你快走吧，我想法儿早点回去就得了。

仝金发只好摇摇头，心事重重地低着头走了。

十七　赔本买卖

百合惦记着家里的化肥生意，就让小弟燕权替自己到医院照顾宋根红，自己匆匆赶回村里。当她走近自家大门口时，却发现门口停着辆标有"工商管理"字样的吉普车，她的心顿时狂跳起来，经过几次折腾，她现在一看见这类汽车，心里总是禁不住乱跳。她急忙推开院门，只见院子里已堆满了人，几个村民正在几个"大檐帽"的指挥下往卡车上装化肥。百合跌跌绊绊走过去想问个究竟，工商局的一位负责人见事主来了，就开始问她："你是这批化肥的主人？"

百合点点头，问："怎么，这批化肥……"

"你自己都不知道？"大檐帽故意问她。

百合摇摇头说："知道啥？"

"那我告诉你，这批化肥属假冒产品。"

"假冒？不会吧？"百合愣怔了一下说，"这上面明白地标有厂址和电话，要是假冒的，它敢吗？"

"对，厂址是真的，电话也是真的，可那号码却不是哈尔滨小康化肥厂的，你打过那电话吗？"

"没有。"百合实话实说。

"你可以打，对方也肯定有人接，也始终称他是小康化肥厂的。"大檐帽抽支烟点着了接着说，"可那人不是小康化肥厂的。"

"那，你们怎知道的？"百合小心翼翼地问。

"哈尔滨当地派出所、工商局已把那人抓起来了。"

通过与大檐帽的对话，百合才知道，原来是村里一位名叫良民的人举报百合家卖的化肥是假冒伪劣产品，并寄上了化肥样品。县工商局接到举报信后，进行了调查、化验，果然发现样品化肥属假冒伪劣产品。

这时，工商局的人拿出举报人寄的化肥样品现场与百合家的化肥比较，却发现样品与百合家卖的化肥不是同一品种。经过现场化验，样品化肥绝对是假化肥，可百合家的化肥质量还可以，但也绝对不是"小康"牌的，至少也算假冒产品。

工商管理的人正端详举报人寄来的化肥样品琢磨时，村民们也围过来观看。忽然人群中不知谁冒出半句话来，说这种肥好像在田福寿家见过。等工商人员询问详情时，却已找不到说话的村民。

工商管理人员觉得事情蹊跷，就问村长满仓："这村里还有卖化肥的摊点吗？这个田福寿是谁？"

村长支支吾吾不想说，但又不得不说，只好点头说还有一家叫田福寿。

工商局的人说："走，咱们去看看。"

当村长梁满仓领着工商局的人来到田福寿家的大院时，正碰上田福寿出门，他看见工商人员过来，忙返身把大门带上，又返身迎上前问："百合家的化肥是假的吧？"

"你怎么知道是假的？"工商人员反问道。

"这、这不是全村人都去看了嘛！"田福寿一脸的不自然。

"听说，你家也卖化肥？"

"没，是，啊原来卖过。"田福寿有点结巴，"现在已卖完了。"

"一点也没有了？"

"哦，一点，哦、是完了。"

"走，咱进去看看。"说着，工商局的人带头推门走进院里。

田福寿想拦也来不及了，只好硬着头皮往屋里让工商局的人喝茶，可工商局的人一进院就径直走到了装有化肥的窑洞前，趴在窗口一看，呵，满屋子的全是化肥。

"你不是说没了吗？"

"是、是没了，这、这已是订出去的货了。"田福寿脑门开始冒汗。

"打开门。"工商局的人严肃起来。

工商局的人进屋，拆开一袋抓出来一把化肥，与样品一对比，竟然是一模一样。霎时间，周围的人都明白了，原来正是田福寿拿自己的伪劣产品假冒百合的化肥样品，化名举报百合卖假化肥，没想到，竟引火烧身，搬起石头砸了自己的脚。

工商局的人查封了田福寿的化肥库房，准备明天另案查处。

一行人又返回到百合家的大院，这时，院里已堆满了吵吵闹闹的村民。人们听说他们买的都是假冒的名牌化肥，有的要求退货，有的还要求赔偿，一时间七嘴八舌，嗡嗡的声音吵得百合有点头晕目眩。

这时，百合站在了一袋化肥上，她满眼是泪水，她手捂在胸前，声音哽咽着说："叔叔大爷、兄弟姐妹们，我、我很难过。我知道，大伙都是冲着我百合的人品来买化肥的，可我万万没想到，这化肥竟是假冒产品，我真的一点也不知道。我要是有半句假话，天打雷劈啊！"说到这儿，百合用手擦擦眼泪，又说："我百合决不做对不起乡亲的事儿。我现在就进城，找那个骗子全金发，替你们讨个公道。"说完，她跳下化肥堆，跑进窑洞提了把菜刀就大步往门外走，她要去找全金发拼命。

这时，工商局的同志过来拦住她说："燕百合，你可不能乱来呀，实话告诉你吧，那全金发已听到风声儿，昨晚上跑了。我们正联系公安局的人去抓他，他违法的事有法律来制裁他。"

村长梁满仓也忙站出来劝村民："乡亲们，俗话说冤有头，债有主，全金发这个骗子他跑不了。你们现在不要吵闹，现在吵闹也不顶用。你们就数好了自己买了多少肥，等抓住了全金发，咱们该让他赔就让他赔，该让他退就让他退，好不好，现在大伙儿散了吧。"

"对，大家都散了吧！"工商局的人也说，"等抓住了全金发，肯定会给你们一个说法儿的，好不好？"

等乡亲们散去，村长梁满仓送走工商局的人，又一个人悄悄来到了百合家。他对百合道出了一个秘密：这次卖化肥，他是掺了股的，梁满仓光现金就投进去两万块。但他绝对不知道全金发进的是假冒化肥。他拿不准这事他属不属违法，百合说她也不懂。她自己除了一分钱没挣，还垫付了不少的费用，还有她手里赊出去的化肥，也不知道该怎处理。俩人唉声叹气了半天，最后都觉得，只有找到全金发，才能洗清他们身上的冤情。于是，决定一块协助工商、公安部门去找全金发。

十八　瓜棚情爱

百合代卖的假冒化肥被查封后，县工商局和公安部门一直在抓仝金发。百合和村长梁满仓也亲自外出好几次，想找到仝金发，给乡亲们一个交代，可一直未能找到。乡亲们也明白，其实百合也是受害者，就不再难为她，都等抓到仝金发再说。田福寿家的化肥也被工商部门作了没收、罚款处理，损失惨重。用他自己的话说这叫癞蛤蟆跳门槛——又蹲屁股又伤脸，猪八戒照镜子——里外不是人。

经历过连续的挫折后，百合认识到一个人不管做什么，一定要做本行的、内行的，千万莫做外行生意，人要是做外行生意，有时候自己被别人卖了还帮着人家数钱呢。但思来想去，不管外行还是内行，她都还得挣钱。不然的话，她们一家外债高压，内亏吃紧，这日子真的就无法过下去了。可她琢磨来琢磨去，就是不知该做点啥好了。

前段时间，村里召集全村人开了个会。自责任制后，也很少开这种全村的大会了。许多人都不愿来，村长梁满仓就在大喇叭里宣布，凡来开会的记一个义务工分，凡不来的就扣一个义务工分。

会上，张乡长亲自宣布了县政府的新政策，动员村民们退耕还林，发展林牧业。就是要在坡地种树，旱地种苜蓿草，家里圈养牛羊。同时他还强调凡种苜蓿草的村民，都能享受优惠政策，那就是在种苜蓿的头两年，每年每亩补贴现金一百七十元钱，每亩补贴白面两袋，村民们就感到很是欢欣鼓舞。也有个别户不愿栽树种草，觉得还是全种粮食心里踏实，乡村两级干部就挨家挨户做工作。

张乡长还亲自到百合家看望百合一家。他总是因为上次树典型反而连累了百合一家的生意而感到内疚，就老想找机会补偿一下。这次他觉得是个机会，他早已跟村长说妥，秋后收苜蓿的场院地就租用百合家的大院。其实全村已找不到一处稍微宽阔的空地了，就连村外的沟底壕坝都被村民们开了荒包地。张乡长单独又对百合一家讲了发展林牧业的前景，鼓励百合全家大规模种养，争取再做个致富的典型。当他提到致富典型时，脸还微微红了一下，但多年的官场锻炼，使他很快恢复了常态，又滔滔不绝地讲起来……

那天邵瑞正好来借电话上网，听了张乡长的动员后，他当场替村民们提出一个要求：那就是乡里与村民们签订收购合同，这样才能从根本上保证苜蓿草有市场有销路，才能提高和保证村民种植苜蓿的积极性。

这个问题一下子就把张乡长问住了，他支吾了半天才说："乡里跟村民签合同，这也不太妥当吧，乡里也不是个加工苜蓿的企业，那乡里往哪里卖呢？应该是村民跟有关需求公司直接签合同才对。"

邵瑞又说："这话也对，可村民们跟公司签合同，那也得乡里组织推荐，不然的话，村民们哪能知道怎与公司联系？"

这时，村长梁满仓有点不耐烦了说："嗨，苜蓿草还没种，草影儿也没见，就谈啥卖与不卖，卖给谁，这也扯得太远了点吧，到时候有了草再说卖也不迟嘛。你没听说过车到山前必有路吗？这人家里有闺女，还怕嫁不出去吗？"

"话不能这么说，市场经济……"邵瑞还想分辩什么，就被张乡长打断了，他说："梁村长说得也有道理，咱们做事不能操之过急，路得一步一步走，饭得一口一口吃。只要我们乡村两级重视，又有上头的政策支持，就没有过不去的坎。只要精神不疲软，办法就总比困难多，请村民们大胆地种植就是。其他问题我们要摸着石头过河，边进行边探索，相信我们这次产业结构调整一定能成功的。"

尽管邵瑞对乡村干部的做法不满意，但这丝毫也没影响到村民种苜蓿的积极性。村长梁满仓还不止一次地对人说邵瑞纯粹是狗拿耗子——多管闲事，动不动就摆出一副见多识广的架子唬人，他也太小瞧农民了，好像就他啥也懂，村民们啥也不懂，真是的。

百合这次也是准备甩开膀子大干一场了。她把自家一半的土地都种了苜蓿草。同时为了照看苜蓿方便，她还在苜蓿地旁边种了两亩西瓜。反正苜蓿草也得看，西瓜也得看，一举两得嘛。

也许城里人只知道西瓜好吃，谁也不会想到种西瓜有多苦多累。城里来的邵瑞一次在地里转悠时，才发现种瓜之不易，特别是压瓜秧更难。当他听瓜农讲完压瓜秧之苦时，马上有一个想法，那就是给学生们上一堂生动的教育课。在得知百合正在大中午压瓜秧时，他组织学生连晌上山坡，来到百合的瓜地，开始了他的野外现场教育课。

邵瑞问："同学们，你们知道为啥必须压瓜秧吗？"

"知道。"同学们齐声回答。

"全知道？"邵瑞有点不信。

"全知道。"同学们又齐声回答。

"为啥？"

"为的是用土压住瓜秧，不让大风扯断瓜秧，卷走西瓜。"同学们七嘴八舌地说。

"好，我再问一个问题"邵瑞又讲，"中午的日头最毒，那农民们为啥又偏赶日头最热最毒的时候干压瓜秧的活儿呢？为啥不在早晨或傍晚天气凉爽时干呢？这种做法是不是有点傻呀？"

"不傻！"同学们齐声喊。

"为啥这样做？知道吗？"

"知道！"

这个回答多少也使邵瑞感到有点意外，他想村里的孩子懂得还真不少，不过，他还是不太相信问："为啥？"

"因为中午日头毒，瓜秧就发热发软，不容易被折断，早晨和傍晚太阳不热，瓜秧就发凉发脆，容易被压断……"同学们你一言我一句地回答。

"咦，他们怎么都知道呢？"邵瑞有点奇怪。

这时，百合摘下头上的草帽，用脖子上的毛巾擦了擦汗珠，她笑着对邵瑞说："快别费心了，村里的孩子们大都干过这活儿，你还来教育他们？笑话儿了吧？哈哈哈，快领着孩子们回去吧，别把小孩子们搞中暑了。"

邵瑞多少有点狼狈，不好意思地傻笑笑，让孩子们自己回去，自己留下帮百合压瓜秧。

就是这件事，事后竟被人传为邵瑞专门领着学生上山坡给百合家大中午压瓜秧，引起了好多家长的不满。

随着苜蓿草的长高，西瓜蛋的长大，百合在山坡的一处背风洼地搭起了一座瓜棚，瓜棚里还砌了火炕。白天，百合就在山坡上给苜蓿除草，给西瓜秧松土。晚上刘贵吃了饭就到瓜棚里看瓜。这样，百合就把宋根红跟刘贵分开来住，省得两人老堆在一块儿，谁看谁也不顺眼。

不过，宋根红晚上一般不让百合出来，每天晚上他都要搂着百合睡，尽管他已几乎是个废人了。但他搂住百合软绵的身子免不了也要啃一啃、摸一摸，弄得百合怪难受的。白天百合上山坡给刘贵送饭，刘贵吃饱喝足了闲着没事，就会把百合压在瓜棚里的小土炕上，和着清风凉爽地做一次。刘贵和宋根红分开住，分别给他俩拓宽了活动的空间和自由，却增加了百合的负担。白天黑夜里都不得闲，弄得她很是疲倦。但日子也就这么安安静静地过来了。

有时夜里，刘贵嫌一个人寂寞，就把周围看田的几个人叫到他瓜棚，几个人凑钱喝烧酒。一次，马五六叫上邵瑞和吕明去了一趟，真正让邵瑞这个城里人体验了一把月下畅饮的绝妙之处。

那天邵瑞跟着马五六上山坡的时候，太阳刚好西沉，天空中还飘荡着一块块彩霞，山路两旁全是黄绿相间的庄稼地，偶尔传来几声鸟叫。空气极好，到处弥漫着庄稼的清新味道。邵瑞他俩赶到时，刘贵和几个看田的人早已在瓜棚前的一块大石头上摆好了花生米、豆腐干，马五六还掏出一块香喷喷的猪头肉，几个人就喝将起来。

不一会儿，天空全黑了，月亮也仿佛在白天里充足了电，照得山坡、田野、树木清清亮亮，影影绰绰的。月光下的酒席清晰得很，根本用不着点灯照明，随着夜色渐浓。几个人的酒兴也越来越高，邵瑞都快有点晕了。这时，就听马五六和刘贵划起拳来，他们也赌输赢，但不是谁输谁喝酒，而是谁输了谁唱歌，于是，这边划拳声刚落，那边的歌声就在宁静的夜空里随着山风满世界飘荡：

　　　　你晓得，
　　　　天下黄河几十几道弯，
　　　　几十几道弯上几十几只船，

几十几只船上几十几根杆。

几十几个艄公来把船来扳

……

一伙人听着觉得还不过瘾，非要刘贵把鼓匠摊上唱的"公公烧媳妇"唱唱，刘贵说那也没意思，顺嘴就来了一段"打伙计"：

为朋友为在个人村，

看不见红花听声音。

走你家窑顶你家院，

这院里有我牵魂线。

天天走你家大门外，

我看妹妹你不在。

小妹妹穿上一身白，

好比那雪花落在怀。

青草穗穗像一炷香，

满眼花瞭了你半后晌。

远远瞭你瞭不见，

风沙打得睁不开眼。

白天瞭你营生忙，

晚上我瞅你遇上狼。

白布衫衫五扣钮，

我哪一日不在你家窑背后。

你说哥哥不亲你，

口含上冰糖喂过你。

你说是哥哥不和你好，

谁的口袋里能由你掏？

喝到后来，几个人都喝高了，不管谁输谁赢，都抢着吼，争着唱，嗓门低的只好作伴唱，直唱得青纱帐里的飞禽走兽躲得远远的，一个也不敢出来。尤其是马五六喝得豪情万丈，竟然吼起《杨八姐游春》里佘太君为难皇帝老儿的要彩礼：

> 万岁命我把彩礼要，
> 彩礼到府亲算定，
> 无有彩礼莫成亲。
> 我要……
> 东至东海的红芍药，
> 南至南海的牡丹根，
> 北至北海的老人参，
> 天大的一块梳妆镜，
> 地大的一个洗脸盆，
> 一两星星二两月，
> 三两轻风四两云，
> 五两火苗六两气，
> 七两生烟八两音，
> 火烧龙须三两根，
> 箩粗牛毛要三根，
> 公鸡的蛋要八个，
> 雪花晒干要二斤，
> ……

半夜时分，几个人都喝得东倒西歪了，仰在地上就打起了呼噜。马五六等人酒醉了也没忘记把邵瑞扶进瓜棚，邵瑞躺在小土炕上感觉到下面还热乎乎的，肯定是刘贵傍晚还熏了一把火。邵瑞晕晕乎乎瞎琢磨着，就一觉睡到了天光大亮。

自此，邵瑞每天在乡间小路跑步、爬山，在山坡树林间漫步，已成了每天必修的功课。他行走在青纱帐中间，呼吸着清洁的空气。城市呛鼻的烟尘，冰冷的水泥建筑和嘈嘈杂杂的人群，尔虞我诈的争斗，已远离了他，他的心在这青山绿水间恣意徜徉。村里的山葱野菜，田里的五谷杂粮，已滋润得他满面红光，青春的肌体又焕发出迷人的魅力。他那颗年轻的心脏在充满激情地搏动，浑身上下骨骼咔咔作响，有一种抵挡不住的欲望开始在他心底里升腾。

　　每次上山，邵瑞都带着两件东西：一样是书，一样是口琴。路过百合的瓜棚，邵瑞总要停下来，坐在树荫下喝几口百合给他泡的茶水，看看清风翻动的书页，吹几曲百合爱听的歌曲。百合也总是手托下巴，静静地望着他那高挑健美的身躯，眼睛浸润着一片柔情。

　　昨夜一场小雨，山野间空气更是清爽。黄昏时分，邵瑞从山上返回，途径百合的瓜棚时，邵瑞撩起草帘一看，百合没在。他站在瓜棚前，望着满是雾霭的田野，视线已是模糊一片了，几十米外就啥也看不清楚了。他顺着山坡往下走，忽听见一块高粱地里传来一个女人的低声吟唱：

> 桃花你这红来杏花你这白，
> 爬山越岭看你来呀啊个呀呀呆。
> 榆树你这开花圪针你这多，
> 你的心眼比俺多呀啊个呀呀呆。
> 锅儿你这开花下上你这米，
> 不想旁人单想你呀啊个呀呀呆。
> ……

　　邵瑞听着，只觉得浑身上下一个激灵，一股股热浪冲撞着他那年轻的胸膛。他顾及不上多想，一抬腿就跃进了高粱地里，一边用手拨拉开高粱秆，一边顺着声音寻去。当邵瑞寻到声音发出的地方时，只见百合一个人正坐在地中间一个小水坑边的石头上，正撩起上衣用毛巾擦身子。暮色中，邵瑞看见百合那两坨颤颤巍巍的白，他再也忍不住了，冲上去就从后面拥住了百合，把她紧紧搂抱在怀里。

　　百合忽觉得被人抱住，浑身吓得猛地一挺就有点僵直了。她颤抖着低声喊："谁？快放手！"

　　"是我。"邵瑞喘着的粗气，直冲到百合脖子上，宛如两股热浪一下子就把百合僵直的身子熏软了。她软软地靠在邵瑞怀里，嘴里还说："快放开，别让别人看见，对你不好。"

　　"我不怕。"

　　"咱们不是一路人，这样儿会毁了你，不值得。"

"不，我知道，你不是个随便的女人，我也不是一个轻浮的人。可我、可我实在是憋得不行了，再不把心里话掏给你，我就快要爆炸了。"

"不，不成，我是个脏女人，不配……"百合还要说啥，嘴已被邵瑞从后面捂住了。

"别，别瞎说，在我心目中，你就是一朵最美丽最纯洁的野百合！"说着，邵瑞不顾百合的挣扎，一把就把她扳过来，一手搂紧她的腰，一手抱住她的头，嘴唇紧紧地压在了她的口上。百合也不再挣扎，两手紧紧搂住邵瑞的脖子，忘情的吮吸起来。

忽然，邵瑞抬起头，一下子就把脸埋进了百合温暖绵软的双乳中间，他脑海里一片混响，思维已仿佛是空白。他只觉得他那绵软已久的下体，已恢复了青春的悸动，并雄健地挺起。他猛地抱起百合，把她平放在草地上，一边撕扯着百合的腰带……

一阵山风掠过，沙沙作响的青纱帐声淹没了百合的呢喃声……

十九　撕碎的诊断书

宋小蝶在矿区的生意是越做越好了。小媳妇饭店她基本算甩手掌柜了，有个亲戚替她操持着，她只管每月收钱就行了。那"无本生意"做得也不错，就是那次盘算着在村里找"绿色处女宝"挣洋钱的计划流产了。她已猜到是百合给她搅黄的，除了她爱管这闲事当个好人，谁还爱干这种得罪人的傻事儿。她也找了个机会教训了百合一回，就算扯平了，毕竟中间还夹着个哥，没办法。后来，她就教女孩子们用塑料薄膜袋装猪血什么假冒处女，糊弄外国人。有的外国人马虎好糊弄，可也有精得像鬼，死活不认，自然费用就得打折扣了。到后来，有的女孩子给钱再多也不愿伺候外国人了，说外国人太狠，她们吃受不了，每次做完就像小死一场。更主要的她们说怕得艾滋病，得了要命的病挣多少钱还有啥用呢？这可把宋小蝶气得够呛。不过，她也觉得这与外国人做皮肉"贸易"还真不如做煤炭贸易那么容易。

中午，矿区里的人大都在午休。宋小蝶在屋子里呆得有点难受，特别是下面有点痒痒。她想，一定是自己怀孕后，活动少，上火了，得出去溜达溜达、下下火，毛驴怀了驹还得天天遛呢，何况人呢。

出了饭店，她漫无目的地溜达了一圈，就没地方转悠了。她用手抚摸了几下肚皮，一下想起了肚里孩子的亲爹，就有一种柔情蜜意涌上心间。她想都没想，转身就进了矿区，来到廖大同的办公室。

宋小蝶一进门，就看见廖大同正坐在椅子上呆愣愣地不知想啥，她轻声走过去，就粘在了他身上。谁想，廖大同一见是她，就猛地一把把她从身上推开，起身进了里面的卧室，坐在床上气哼哼地一言不发。

宋小蝶不知是怎么回事，就忙跟进来摇着他膀子问怎么了。

廖大同恨恨地瞪了她一眼，低声吼道："怎么啦？你还有脸问我？"

"你到底咋啦？"宋小蝶一头雾水，急得都快哭了。

"我、的、球、疼。"廖大同一字一板地进出几个字。

"你球疼？"宋小蝶愣了一下，又关心地说，"是不是上火了，要不到医院看看。"

"老子早就看了，是性病梅毒二期！"廖大同的眼睛几乎要喷出火来。

"那，怎么会？"宋小蝶一时想不通。

"是呀，你他妈想想，老子除了你，再没沾过第二个女人。连自己的老婆都没沾过，你说说，是怎回事？"说着，他一转身不再搭理她。

宋小蝶一听噌地站起身来，手指着廖大同吼道："好哇，你竟怀疑我，把屎盆子往老娘头上扣，你还有良心吗？老娘为了给你生个纯种，我多长时间都把大腿夹得紧紧的，有多少好男人勾引我，我都不动心。到头来，你球疼了怨我？哼，谁知道你又干了多少别的女人，你……"

"好啦，好啦。"廖大同无心跟她吵，他无力地摆摆手说，"咱别扯那没用的，冤不冤枉你，你到医院查查不就清楚了嘛，你敢去吗？"廖大同眼睛盯着宋小蝶，眼睛里仿佛有箭要射出来。

"去就去，没做亏心事还怕鬼敲门？哼！"说着，宋小蝶就真的冲出门去，径直去了矿区医院。

从医院出来，宋小蝶浑身发软，连走路的力气都快没了。她找了个墙角旮旯掏出诊断书看了又看，怎么也不相信上面的几个字：梅毒二期。她常听人说医院为挣钱，把好多妇女病都故意写成性病，让病人大把地花钱。她是不是因妇女病，医院也故意写成性病了呢？又一想，不可能。这大夫是她们一个关系户，她不可能故意欺骗她。小蝶倒真想是大夫骗她，那反倒好了。花几个钱无所谓，可真染上这种病可就倒大霉了。她最担心的是肚子里好不容易怀上的孩子，这下可全完蛋了。天哪！难道真有报应这一说吗？

宋小蝶倚在墙角里，头脑里乱糟糟的，一片混响。她双手抱住头蹲在墙角，闭着眼使劲在回忆，问题到底出在哪儿？如果真不是廖大同的问题，那问题真出在自己身上？忽然，她脑海里冒出一道强光，她惊得一下子睁开了眼，她想起前些日子的一天夜里，她做了一个梦，梦见家里的一头牛压在她身上，使她喘不过气来，她使劲推，可怎么也推不动，挣扎了老半天，她才猛地睁开眼，醒来一看原来是半傻男人燕忠正从身后抱着她，在唏唏唏唏的使劲。宋小蝶一着急，双腿使劲朝后一蹬，轰地一下就把燕忠蹬到了床下。没想到燕忠反而嬉皮笑脸地爬起来说："反正正好射完了，你蹬我还省了我自己下来呢。"气得宋小蝶扑上去左右开弓抽了他几个嘴巴。紧接着，她急忙跑到洗手间蹲了半天，力争把男人那点坏水全倒流出来，后来她反复洗了又洗。事后，她又逼问燕忠压她肚子了没有。燕忠发誓说没压，因为他怕压醒了她不让做，只好从后面插入草草了事。小蝶这才稍微放下心来，她主要怕他压坏了肚里的孩子，至于他冒出的那股坏水，也不会影响胎儿的纯洁性了，权当让他在野地里撒了一泡尿。唉，谁让人家好歹也是咱男人呢？

想到这儿，宋小蝶就基本断定就是燕忠近期那唯一的一次"强奸"，给她传染上了性病。可他有性病吗？一个半傻哪来的性病？她发誓要把事情必须搞清楚，宋小蝶想着猛地把诊断书撕了个粉碎，狠狠地朝地上一掷，那纷纷扬扬的碎纸片，仿佛就是燕忠被撕成碎片的肉末。

廖大同跟宋小蝶到饭店把燕忠找到了后院。两人连诈带逼追问燕忠是不是嫖过鸡。燕忠一听说火冒三丈，一把就把叉腰立在他眼前的宋小蝶推倒在沙发上。廖大同上前阻拦，三个人就撕打在一块儿。

撕打累了，三个都喘粗气相互怒视着。宋小蝶破口大骂燕忠，唾沫点溅了燕忠一脸："你他妈的半傻了还那么骚，竟敢去嫖鸡？"

"我骚还是你骚？"燕忠不服气，"我就算傻子，可我也是个男人啊，自家的老婆不让操，还不让我操别人？"坏了，燕忠本想打个埋伏，可一不留神就把实底儿端了。

廖大同与宋小蝶一听，明白了：这半傻果然是嫖鸡了。就前后夹击，连逼带哄让他交代。可燕忠就是拒不交代。这时，前面忙乎的大师傅忙跑了进来。原来他早听到了后院的打骂声，知道再不主动交代，等燕忠交代后，自己非被炒鱿鱼不可，忙跑来主动认错、坦白交代。

那是一个礼拜天的傍晚，宋小蝶同廖大同一起出去洗桑拿，店里只有炒菜的大师傅和燕忠看守。那天晚上，客人不太多。燕忠就跟大师傅抽着烟，趴在窗前给过往的女人打分，说这个不错，打九十分，那个不行，顶多及格打六十分。这时，从门外走进一胖一瘦的两个青年女子，说要找宋小蝶联系业务。燕忠说宋老板出去了，两个小姐就坐在饭店里等。没想到这一等就等出了故事。

俩小姐坐着无聊就开始给燕忠和大师傅讲笑话儿，那个胖女子说她对男女睡觉特有研究，说：

> 和布什睡是国税，
>
> 和乞丐睡是地税，
>
> 和情人睡是偷税，
>
> 约好的没睡是漏税，
>
> 和小姨子睡是增值税，
>
> 和老婆睡是个人所得税，
>
> ……

四个人大笑。

那大师傅长的是典型的厨师身体，胖乎乎，油光光的，家又在农村，几个月没挨媳妇身子了。每天他看着一个个漂亮的女人在他这里吃饱喝足去伺候别的男人，心里早就酸溜溜的，想着找机会也得放开缰绳撒个欢儿，彻底潇洒一把，今天机会终于来了。燕忠呢，也是小蝶好几个月不让他上身，早已憋得咬牙切齿了，他再傻也能看出来，今天这俩小姐儿八成要跟他俩要上一把了，连忙很大气地叫大师傅赶紧炒几个好菜。

菜炒好了，那个瘦女子又娇滴滴地说："这么好的菜，没酒就可惜了。"燕忠忙又开了瓶白酒。四个人又吃又喝，很快就打得火热了。喝了一阵儿，燕忠就叫大师傅关上门窗。四个人正好二男二女，喝着聊着摸着，就不自觉地配成了两对，搂搂抱抱在一起了。这时，那个瘦女子在大师傅怀里挣出来说："我们姐妹俩今儿个业务不忙，再加上有宋老板这层关系，今天咱们痛痛快快地乐呵一场。我们不收费，但你们也得给几个辛苦钱，别人一次三百块，你俩就一人给五十块，有个意思就成。要不，成了我们姐妹俩白给倒贴，就显得我俩太贱、太不值钱了。行不行？"

燕忠和大师傅一听弄一晚只花五十块，觉得太便宜了，忙不迭点头答应。

于是，燕忠和大师傅就把饭桌拼成两张大床，各搂一个滚到了上面。

尝到了甜头的燕忠，更是日夜渴望女人的身体。一天夜里，他看着熟睡的宋小蝶又白又嫩的身子，实在熬不住了。他想：凭啥这么俊的老婆别人能睡，自己反而不能睡？不行，今儿个怎么也得用她一回。于是，他怕从上面压醒了小蝶，就从后面插进了小蝶的身体，痛痛快快地自娱自乐了一把。谁料想，就是这一次自娱，竟把性病传染给了小蝶。

明白了事情真相的宋小蝶，扑上去对燕忠又是撕又是咬，最后她软瘫在地上。她知道就是把燕忠活吃了也无济于事了。后来，宋小蝶到医院打了胎。她也懂得，治性病得打多少针，吃多少药，那胎儿要是生下来不是死胎就是残废。打完胎，宋小蝶又跟燕忠闹了一场，她甚至威胁燕忠要离婚。燕忠一听心里才不怕呢，他再傻也明白，这换亲就是把锯，你来我去，我去你来，谁也离不开谁，谁也吃不到亏，也占不了便宜。你说这道那，无非是麻花多拧个褶，没啥了不起的。

哭归哭，闹归闹，得了病谁也得治。于是，宋小蝶、燕忠一起回到了村里，带回矿区配好的药，每天让村里医生按时来打针输液。后来廖大同也赶回来了，他说怕城里人知道，也怕传染家人，就回村和他们一块治。宋小蝶一听，还酸溜溜地说："哎，到底是人家家人亲，啥时也怕传染了。"廖大同皱皱眉也懒得搭理她。

后来，邻居马五六发现了这个秘密，私下里给大院起了个"性病疗养院"的雅号，每天看到医生进院打针，他就会装着啥也不知道的样子，顺口唱起了山曲曲儿：

> 吃一回豆角抽一次筋，
> 打一回伙计伤一回心。
> 小月饼顶不上自来红，
> 好伙计顶不住赖男人。
> 为朋友本是圪顶上的牛，
> 绷开缰绳一辈子的仇。
> 榆钱钱开花边边薄，
> 如今的人儿面面上好。
> 来了咱们嘴上说得好，

一出廊门就忘记了。
根脚底下抹拉些泥，
为明白打伙计再不要提。

二十　祸从天降

种豆得豆，种瓜得瓜。百合家的苜蓿草日益茂盛，西瓜也一天天鼓圆了肚子。苜蓿草倒好说，没多少人稀罕，可西瓜大了就得不间歇地看着。瓜小的时候，百合和刘贵还可以轮替着回家吃饭；瓜大了，地里就离不得人，就得送饭。每天傍晚，百合就会提着小竹篮，到瓜地给刘贵送饭。吃完饭，暮色浓了，视线就小了，可人心里的想法就多了。百合免不了要尽一尽做女人的义务，刘贵也可以放心大胆地动作和呻吟。地里有了西瓜和男女之间的好事，就吸引了不少人的注意。每到这个时分，往往就会有三五个村民偷偷潜伏在百合西瓜地旁的高粱地里，他们来的目的有两个：一是听房，二是偷瓜。

听房是村人最津津乐道的事儿了。村里人夜生活简单，娱乐活动更少的可怜。晚上特别是年轻人，吃饱了没事做，就三个一伙，五个一群地去听房。他们觉得听房是最有意思最刺激的事儿了，常说做不如看，看不如听，听还不如听不见。因为耳听不见，心里想象可就丰富了，自己想象是咋样就咋样儿，特过瘾。他们最爱听年轻夫妇的房，因为他们炕上的事做得多。不过，有时路过老年人的房屋也不放过，经常敲门说是民兵查夜的，等人家哆哆嗦嗦爬起来开门，他们却早已扬长而去。最经典的听房是有一次几个年轻人趴在人家刚结婚的夫妇窗前听得起劲，耳朵贴在窗户的劲儿大了点，嘭地一声就把人家窗户顶开了，吓得一伙人拔腿就跑，其中有一个还冒着被认出来的危险，返身把窗户给人家拉上，说怕人家满身大汗起来关窗感冒了。瞧，想得多周到。当城里人邵瑞听到这个故事后，他又想起了村人在山坡上捡到他的毛衣，第二天早上穿着暖热来还给他。邵瑞不止一次地感叹：农民，真是太善良、朴实了！

还有几次听房，前半夜人家新婚夫妻没动静，几个年轻人还很有耐心，就蹲在窗根儿下等，可等着等着给睡着了。第二天清晨，有一个年轻人做梦梦见自己跟新娘子正亲热呢，新娘子还一个劲儿地亲他的脸，他就咧开嘴笑了，可嘴一张开就被新娘子咬住不放了，他疼得嗷的一声蹦起来，却发现是一头老母猪正咬他的脸，恶心得他拔腿就跑，一路跑还一路吐。

至于听房和偷瓜哪个先哪个后，年轻人们有时也很犯难。一般他们估计百合和刘贵在瓜棚里亲热时，按说正是偷瓜的好机会，可他们又不愿错过听房的机会。也就是说，先听房那就错过了偷瓜的最好机会，先偷瓜那就错过了听房的绝佳时段。如果按顺序先听房后偷瓜，那就增加了偷瓜的难度。一次几个年轻人听完房，就悄悄撤退到高粱地里躺着，一边回味刚才瓜棚里有滋有味的声响，一边等机会偷个瓜，几个人解解馋。这时，就见刘贵走出瓜棚，伸伸懒腰，随手抓起手电筒朝高粱地里一照，猛地高喊："高粱地里偷瓜的，我看见你们了，别跑！"接着就响起了响亮的脚步跑动的声音，几个年轻人吓得爬起来就没命地往山坡下跑。等他们一路狂奔跑出一段距离，收住脚步听听，刘贵还在山坡上舞着手电乱喊："高粱地里偷瓜的，我看见你们了，别跑！……"他们这才知道自己中了连娃娃都懂得的虚张声势之计，其实刘贵根本就没发现他们。于是他们又折回去，爬在高粱地里往外窥视，只见刘贵还在时不时地喊上一嗓子，随即把鞋在石头上拍动，发出很响亮的类似人走动的脚步声。有时，刘贵还站起身子拾几块小石头往高粱地里扔，一是吓唬猪呀、狗啊的，另一个就是吓唬人了。

听惯了狼来了的故事，胆子就壮了。就在刘贵还在那儿拍鞋底儿的时候，几个年轻人利用夜色掩护，一人抱起一个西瓜就扎进了高粱地里。再转移到另外一个安全的地方儿，用拳头把西瓜砸开，一人一块呱唧呱唧唧起来。吃饱喝足了，回村里面继续去听别人的房。一路上他们边走还吼着当地人常唱的"偷西瓜"：

二八佳人女裙钗，

手提上篮篮出门来。

将篮篮放在平地儿上，

扭回腰身锁好门。

手提篮篮往前行，

不觉出了自己的村。

行走几步来得快，

不觉得来在瓜地头。

抬起头用目瞧，

满地的瓜儿爱煞人。

那边上有株黄花草，

黄花草开得红彤彤。

六月三伏天热难当，

热得看瓜人无处藏。

好边厢有棵大柳树，

大柳底下他歇凉凉。

女佳人也来到柳树下，

俩人眉来又眼去儿。

……

    据村里进城卖瓜的村民回来讲，今年的西瓜价格看好，听说越靠后越值钱。邻居地里已有几家卖了的，因为急着用钱儿，瓜虽小点但行情好价格高。百合跟刘贵商量也想早点摘瓜去卖，可宋根红却说应稳住阵脚儿，让瓜再长长个儿，准能卖个好价钱。百合就听了宋根红的话儿，一是觉得他讲的也有理儿，二是为让他高兴，更多的体验一下当家做主的感觉。这几天，百合每天都在瓜地里转悠，她一个瓜一个瓜地估摸，每个瓜有多少斤，每斤能卖多少钱，总共能挣多少钱，她都做到了心中有数。同时她还列出了一个还债的计划，计划用这笔收入偿还部分田福寿的高利贷，再还一部分信用社的借款，还得留几个补贴家用等。甚至还找了个小本子，在上面密密麻麻地作了详细的计划。

    望着满地光溜溜、绿生生、圆鼓鼓的大西瓜，百合乐得直想唱歌，连做梦都是绿皮红瓤的西瓜，一转眼就变成了一沓沓花花绿绿的钞票。忽然一阵风吹来，把她手中的钞票吹得七零八散，撒了一瓜地。百合一急，呼地坐起身来，摸摸头上的汗珠儿，才发觉是个梦，她又禁不住笑了。这时，窗外传来闷闷的雷声，天要下雨了。果然，没过多久，大雨倾盆而下。可最让百合吃惊的是，足足有鹌鹑蛋大小的冰雹也直直向玻璃砸来，砸得玻璃乒乓乱响，再望望院子里，全是乱飞乱溅的冰雹，噼里啪啦的声响震得百合耳朵都发麻了。百合惊得一下子坐在了被窝上，她第一个想到的就是西瓜，西瓜完了。这么大的冰雹，那快要熟透了的西瓜脆皮，那能经得住这般敲打。想到这儿，她的心忽悠一下沉到了底儿，心里也像被冰雹打过一样，砸得七零八散，千疮百孔……

好容易熬到天亮，百合就迫不及待地戴上草帽，跑到山坡上的西瓜地里。到了地头一看，百合一下子就瘫软在地头上：只见那西瓜地里到处是红的、粉的颜色，被砸烂了的西瓜豁牙咧嘴的，这儿一半，那儿一块，粉红色的西瓜汤流了一地，黑黑亮亮的西瓜籽撒得遍地都是。刘贵满身雨水，手捂着脸蹲在地头勾着头一声不吭。旁边几块西瓜地里的女人们已开始了号啕大哭，哭她们可怜的西瓜，咒可恶的冰雹，叹自己的命苦……

百合既没流泪，也没号啕。她只是呆呆地坐着，望着，恍恍惚惚中她觉得这更像一场梦，她也盼望这真是一场噩梦。要真是噩梦多好，因为噩梦醒来往往是阳光。她觉得这既像梦又不像梦，她掐了掐自己的大腿，又茫然地望望四周，一股冷风吹来，她禁不住打了几个哆嗦，她感受到身下冰凉的泥土。她知道这不是噩梦，这是遍地狼藉的真实。百合强打精神挣扎着站起来，一步一步地挪到了瓜棚口，她看见自己几天前计算用的小本子已散落在泥水里，那油笔写过的字已被雨水洇湿，蓝蓝的笔迹已被雨水泡得发蓝发淡，油渍也已渗散得一层一圈儿，模糊不清了……

二十一　换亲是把锯

　　八月十五中秋节，这个在城里不怎受重视的节日，在农村却极为隆重。按农村人传统，不管富也好，穷也罢，全家人能够平安团圆，就是最大的心愿。其他的节日可以不回家，可这个节日只要能回家，在外的亲人总要想方设法赶回来的。其实中秋节正处在秋收大忙季节，田地里的庄稼已开始割的割，拉的拉，碾的碾，忙得庄户人脚不着地，满脸的柴草棍儿。可忙归忙，节日还是要过好的。一边忙农活，一边忙过节，也是忙得快活、充实，倒比过年有意思，单吃喝不忙活有啥意思。中秋节就一天，看似简单，可为过好一天，节前的忙碌可不少。当然，过节前最忙乎的要数打月饼了。

　　打月饼是当地人过中秋节最主要的活动和标志。家家户户都要打月饼，而且要打各种各样的月饼。因为月饼不仅仅是为过节这一天吃的，更多的是节后很长一段时间里还要吃，秋忙季节嘛，每天地里忙乎完，回家懒得做饭，就一人拿一个月饼就一碗开水，吃得有滋有味。同时还延享了中秋节日的感觉，很甜蜜很温馨。

　　提起打月饼，城里人也许觉得不是个啥事儿，城里的糕点行有的是专职糕点师，打什么月饼都有固定的原料、固定的模子，一流的烤箱，花样儿可随便翻新，品种可以多样。但生产出的各种各样的月饼，都会是统一的图形和包装，不会一个大一个小，一个厚一个薄，一个圆一个扁，华美富丽，却失自然新鲜。村里人打月饼，完全是人工操作，一个饼是一个饼的样儿，一锅是一锅的样儿，没一个雷同。城里人打月饼仅仅是一种工艺和产品，村里人打月饼更多的却是一种活动和仪式。

每到中秋节前，不管农活有多忙，家里人尤其是女人都要腾出一大块时间和精力来准备打月饼。在她们心目中月饼代表着一种富足、团圆，所以就显得很神圣，很隆重。家家户户都要自己备料，都是自家产的白面、砂糖、麻油，还有芝麻。家里富裕一点的就准备"三油三糖"，就是在打的过程中，加三道油放三道糖。还有的要在里面加鸡蛋，这样烤出的月饼就油浸浸、暄腾腾的，色泽红润，好看耐吃。家里不太富的就节约一点，有的上"二油二糖"，也有的仅仅是"一油一糖"，鸡蛋就免了。这样出来的月饼就略显干硬。因此，人们在打月饼时，也有相互显示实力，暗中较劲、攀比的意思。人人都不服输，个个都不想落后。有的为上"三油三糖"连家里的油全都搬出来，咕咚咕咚倒进面里揉，全然不顾今后炒菜没有油。也有的怕别人知道用了几油几糖，就在家里把面揉好，再端在打饼的地方，别人就不知道详情了。但打饼时全村人都聚在一个地方，每出炉一锅，人们都要相互品尝，对人家的月饼品头论足，每家月饼的质量心里都清楚，躲是躲不过去的。被说好吃的月饼主家儿，脸上就乐得油光油光的，仿佛比月饼还油多糖多，风光得不行。不被人们称赞的月饼主家儿，就不由得缩着脖子直往后退，好像自己身体里也缺油少糖的，惭愧得不行。不过，人们还是说好听的人多，可也有心直口快的，评论起来嘴上可不留情。所以，村里人打月饼就显得很热闹，很有气氛，很有意思。

百合的娘舅王雄英就是个打月饼的匠人，人称月饼王。其实他啥糕点也做，比如过节用的点心、蛋糕，还有平时吃的麻花、饼干，他都会做。百合从小在燕家不受欢迎，就常爱到离村五里地的姥姥家小住。她天生勤快、聪明，常帮舅舅在家里做点心，打月饼，舅舅也很有耐心地教这个小外甥女。耳濡目染，百合还真学了点手艺儿，虽不能跟舅舅的技术相比，但她自己刻出来的月饼模具，上面的花纹比舅舅的花样多，又好看，什么"牛郎织女"啊、"花好月圆"啊、"年年有鱼"啊、"四季平安"啊、"福禄长寿"啊……应有尽有。只是这一带人们穷，平时很少买月饼这"奢侈品"，所以她不能当成个主业来做。平时还得靠种地吃饭，逢年过节才忙乎几天，百合也就没把这点手艺当做挣钱的主角儿。有人需要帮忙，就偶尔露露手艺罢了。

今年的八月十五，百合还真把这点手艺要当做挣钱的工作了。一来是乡亲们都催着要她打月饼，别人都不会这个活计；二来是她今年做啥啥不成，做生意她外行，靠天吃饭运气又不好，就想着在技术上耍点手艺，挣几个现钱补给家用。于是，她就动了心，准备好好打上十天半月的月饼，细算一下，还真能挣点现钱。有了想法就有了做法，她找了几个人在院子里垒起了两座烤炉，全部是土坯和泥做成的。为此百合还自己和泥打夯，脱了好几天的土坯。她挽着胳膊，赤着脚自己和泥，自己脱坯，很有精神，一边干还一边哼着小曲儿。有人见了都心里说："这个百合呀，真是个少心没肺的，不管遇到啥不顺心的事儿，嗨，过几天就缓过劲儿来了，照样啥都敢想敢做。"当然，也有人说她缺心眼儿，做事像没头的苍蝇，瞎扑腾。百合听到人们对她的说法，只是自己笑笑，不恼也不乐，继续干她自己的活儿。

没过几天，百合院里的两座烤炉就立起来了。千万别小瞧这两座土烤炉，烤出的月饼还真有种土香气，比城里那铁疙瘩出来的东西有味多了。百合又借钱购置了些打月饼必备的大罗盆、大水桶、铁烤盘、油刷子、糖刷子、大围裙，还买了两车炭，是托人买的，比较便宜。一切都准备停当，就像当年孔明一样，万事俱备单等东风了。

正式开炉这天，天气很晴朗。为取个吉利喜庆，百合还特意放了几挂鞭炮。宋根红、刘贵和马五六等人还取出家伙，敲锣打鼓热闹了一番，也算正式通知村人可以来打月饼了。

炉火已熊熊燃烧起来了，映得大院红彤彤的，还挺暖和。村人们已有赶头趟的，抱着盆，提着油糖，背着白面，排起了长队，一直排到了大门洞儿。后来的人一看今个儿排不上号了，就说等到明儿个再排吧，就留下来帮忙、看热闹，也有的专等品尝人家月饼解馋的。

忽然，大门外冲进来个女人，一进门就连哭带骂："燕忠那头驴，傻病儿又犯了，竟敢打老娘，老娘坚决不跟他过了！"

百合定神一看，原来是宋小蝶跑回来了，她的心就不由地一沉。

百合先把小蝶扶进屋里，她不想让小蝶在当院大喊大叫，抖落自家那点陈芝麻烂谷子的事儿，家丑还不外扬呢。进了屋，百合和宋根红忙问是怎回事，宋小蝶就一把鼻涕一把泪地哭诉开来……

原来，在宋小蝶、燕忠和廖大同在村里养病这段时间，廖大同一直埋怨说宋小蝶传染了他、害了他；宋小蝶反过来骂是燕忠这头色驴强奸了她、害了她。燕忠更恼火，他整天耷拉着个脸骂廖大同偷人老婆，是罪有应得，是老天爷睁眼，是报应。三个人形成了一个怪圈，整天你看我不顺眼，我看你不顺眼，唇枪舌剑，唾沫儿乱飞，吵闹得像一锅粥。有几次竟拉拉扯扯，快动起了手。宋小蝶怕打闹得厉害，让村人知道了，才强压怒火没有敢发作。可燕忠不管这个，他那傻劲一上来，压都压不住。有一天竟然吼叫着让廖大同滚回去，滚出这个家。廖大同大怒，骂道这个家还不是凭老子给你们建起来的？噢，现在你们有点臭钱了，就想赶老子走了，老子偏不走，气死你；宋小蝶更生气，她破口大骂燕忠："啥？你让我们滚？我看屎壳郎搬家该滚蛋的是你！这房子、这大院是老娘一点血一点汗盖起来的，是老娘挣来的。滚得远远的，别让老娘再看见你那副王八样儿！"

"啪啪！"燕忠跃起身来，扑上去照着小蝶的脸左右开弓扇了两个耳光，直打得宋小蝶满眼是金子，金花乱冒。她一下子愣了，她没想到燕忠这个靠她养活的半傻子竟敢打她，反了，反了！简直是牛要吃赶车的了。

就在小蝶愣怔时，燕忠又骂道："你他娘的让老子滚？我看该滚的是你！"说着，他还得意洋洋地笑出了声，"哈哈哈，你扒叉开你那狗眼看看，这户口簿上这家的户主是谁？是我燕忠！这房本上写的是谁的名字？还是我燕忠。"

"……"宋小蝶听着，只觉得眼前一黑，就栽倒在地上。

廖大同忙把她抱起来，放在炕上，掐人中扯胳膊，好不容易才把她弄醒。

宋小蝶一醒来，也有种如梦初醒的感觉。她木木地说："燕忠你真是个格泡，你个挨枪子的，老娘聪明一世，竟让你这个傻子给耍了。不行！老娘要把房子夺回来，老娘跟你这个傻子离婚！"

说着，她就冲出门来，跑回娘家了。其实所谓的娘家也就是她哥哥宋根红家了，父母不在，长兄为父，这点儿常识小蝶也懂。

听完宋小蝶的哭诉，燕百合心里禁不住长叹一声：看来这次原本蛮有把握挣钱的打月饼的活计又要泡汤了。她劝了小蝶半天，想让小蝶回去，可小蝶死活不答应。她就又叫宋根红劝劝妹妹，可也是白搭。小蝶反而劝宋根红说，无非就是她跟燕忠离婚，百合跟宋根红离婚，她有钱再给宋根红娶一个媳妇全有了。气得宋根红直数落她：哪有那么简单的事，这孩孩娃娃一大堆了，哪能说散就散了？

看来，宋小蝶一时半会儿是转不过筋了。百合心里知道，自己也该回娘家了，这可是换亲的规矩。假如有一方男女因打架吵嘴跑回娘家，那另一方的女人也必须得回自己的娘家，这样才能有效地牵制对方回到婆家去。否则，就会让村人笑话，笑她不识大义，不顾大局，只恋床第之欢，不顾及娘家人死活等。啥时候那头的女人回婆家了，你才能回来。不然的话，双方就只能都住在各自的娘家，耗着较劲儿。

可这打月饼的乡亲们排满了院，怎么办？总不能耽误了乡亲们打月饼的大事儿吧？百合为难了半天，忽然想起了原先跟舅舅学徒的一个师傅，就急忙进屋打电话找那个打饼师傅。

等了半天，终于打通了电话，那师傅答应过来救场应急，但所挣工钱完全归人家师傅，百合只能收几个场地费、用具的租用费。实际上百合连本钱也没收回来。

百合到院子里跟乡亲们解释了一下情况，并保证来的打饼师傅手艺比她强，这才又回到了屋里，跟宋根红、刘贵交代了一下吃的、穿的、用的，甚至还有喂猪的猪食。接着她又把家里里外外打扫了一遍，才偷偷地抹着眼泪，在众人的注目下，一步一回头地走了，走回了她父亲陆苗旺的那间旧窑洞里。

这时，天空中的朝霞还未散尽，那道道霞光，宛如一条条殷红的鞭子，把天空中抽出了缕缕伤疤。

百合走后，她家大院打月饼的活计还挺红火。每天人来人往，熙熙攘攘的，可忙乎着挣钱的却是邻村那个打饼师傅。村人都替百合可惜，这么好的一次挣钱机会不得不又拱手让给了别人。大院里忙乎着，百合家却乱了套儿，宋根红腿疼病又犯了，刘贵又得给孩子们做饭，还得伺候宋根红，宋小蝶每天哭哭闹闹，家里也顾不上收拾，整个乱了套，连八月十五的月饼也没顾上打。打饼的乡亲们就这个给留几个，那个给留几个，孩子们总算还吃上了中秋节的月饼。

最令百合生气的是，那天村里的几个光棍汉从村外公路上的一个饭店共同租回来了个小姐，几个人就在窑洞里轮着上。宋根红闲得无聊，竟然也跟着人家去看热闹。刘贵得知后赶紧找到百合。百合闯进去，把宋根红给揪着耳朵拎出来，宋根红说他啥也没干，只是悄悄看看。百合训斥他说，那也是人看的？你是人还是头猪？说完头也不回地又回娘家去了。

宋根红就心里直骂刘贵叛徒，只会告密出卖自己人。

百合回娘家好几天了，家里的生活完全被打乱套了。孩子们哭哭啼啼，连家里的猪也饿得直用脑袋撞人的脚拐，刘贵就跑到陆苗旺住的窑洞前唱歌，有时在家里跟宋根红一起也给宋小蝶唱，唱的就是那首人听人烦的《永不能住娘家》：

正月里忙，正月里忙，
请人换帖也要忙，
说给我的爹，说给我的娘，
好心慌，顾不上，我的娘。
……
三月里忙，三月里忙，
提耧下籽也要忙，
说给我的爹，说给我的娘，
好心慌，顾不上，我的娘。
……
五月里忙，五月里忙，
薅苗送饭也要忙，
说给我的爹，说给我的娘，
好心慌，顾不上，我的娘。
……
七月里忙，七月里忙，
起山药摘豆角也要忙，
说给我的爹，说给我的娘，
好心慌，顾不上，我的娘。
……
九月里忙，九月里忙，
庄稼上场也要忙，
说给我的爹，说给我的娘，
好心慌，顾不上，我的娘。
……
十二月里忙，十二月里忙，
这一回娘家住不上，

说给我的爹，说给我的娘，

好心慌，顾不上，我的娘。

就凭这一唱，就唱得百合坐卧不安，也唱得宋小蝶心烦意乱。她们都是家里的顶梁柱，都是有许多想法儿的人，有自己好多事要做的人。这一闹，就好比同时把两只辛勤采蜜的蜜蜂困在了蜂箱里一样，口里嗡嗡的干着急，翅膀扑扑扑的白费劲，可就是动不了身，采不到蜜。百合着急那一屁股的债务等着她去还，小蝶着急那大把钞票等着她去赚。俩人都盼着有个台阶下，可这台阶在哪儿呢？

二十二　苜蓿场神秘火光

中秋节过后，田地里的五谷杂粮该收割的收割，该入仓的入仓，该出售的出售。其实能卖出去的也没多少，如今的粮食，粮站不收，私人不要，只有几个小粮贩，收购点绿豆、黄豆之类的小杂粮，价格也低得叫人心疼，今年就指望着乡里统一安排种植的苜蓿了。

今年的苜蓿草长得真好，绿油油的割了一茬又一茬，就像年轻人的头发，越理越茂盛。今年的苜蓿已割了两茬了，都整整齐齐地垛在各自的庭院中，像一排排身穿绿色军装的队伍，整装待发；又像一座座长满绿树的小山，给满是黄颜色的土地平添了几分色彩。

按村里的要求，今年的苜蓿收割必须用机器统一收割打捆，这样，才便于将来统一收购、统一装车，统一销售。为此，村长梁满仓的弟弟还特意花钱购买了一台苜蓿收割机，专门给村人收割打捆。到底是机械化，收割机开动起来，前面的几排刀把苜蓿搂住吃进去，到后面就有成捆的苜蓿吐出来。就像一个庞然大物的怪兽，前面吃后边拉，只不过拉出来的都是呈正方形的、有棱有角的绿色块块。村人们大都请村长的弟弟来收割，收割一亩花二十块钱。一来做个顺水人情，二来也免遭弯腰屈膝汗流浃背的罪。也有几家不想花这个钱的，但人工收割也倒可以，可打捆怎么也不如机器打出来的结实、美观、匀称，卖的时候也不便于装卸，也就咬咬牙，统一请村长弟弟的机器收割了。

苜蓿是一茬一茬生长的，每到有嫩苜蓿冒出来，百合总要给邵瑞挑着最嫩的，用开水焯熟，再晾冷了，拌上盐、醋、油和葱花，给他送到学校去。直吃得邵瑞连声叫好：太香了，再没有比这绿色的了，再没有比这有营养的菜了。马五六见了就不由得失笑，他想起了社会上流行的几句有关城里人和乡下人的顺口溜：

> 农村人刚吃上肉，
> 城市人又吃菜了。
> 农村人刚吃上菜，
> 城市人又吃草了。
> 农村人刚娶上媳妇，
> 城市人又闹独身了。
> 农村人刚吃饱穿暖，
> 城市人又减肥露脐了。
> 农村人刚吃上糖，
> 城市人就又尿糖了。
> ……

村民们把打好捆儿的苜蓿一车一车拉回了家里，有的村民院子小，就寄放在了百合家的大院，单等上面派车来拉。可左等右等，苜蓿草经风吹日晒都干得沙沙作响了，还不见汽车进村。百合等几个种苜蓿大户就代表村民们找村长梁满仓问情况。村长说他也不知是啥原因，当初种苜蓿时，乡里的张乡长只要求他必须种够乡里分配的亩数任务，还说只能多不能少，不能拖全乡种植亩数和产量的后腿，否则乡里完不成县里下达的任务，至于怎么卖却没具体说明。于是梁村长领着百合等几个代表又来到了乡政府找张乡长打听情况。来到乡政府大院，大院里冷冷清清的没几个人，如今的乡政府人员大多在县城盖了房，平下素日也没啥事儿，许多人也就不常来上班，单等发工资时才来，有的发工资时也不来，托人代领给捎回去。乡里也乐得清闲，省得来人多了食堂也麻烦。食堂欠了当地小卖铺、豆腐房、杀猪坊一屁股债，好几年的账也给不了。如今想去赊东西，人家也不乐意。再说，上班的人多了，煤、水、电费用开销也大，不来倒也全省了。

好不容易，百合一伙人才找到了乡政府秘书，打听张乡长来了没有，秘书说张乡长很可能上县里找人去了。这几天他愁得头发都白了许多，全乡一下子种了几千亩的苜蓿，一斤也没人来买，不发愁才怪呢。百合她们一听也急了，忙问当初乡里就没跟专门买苜蓿草的单位签个收购合同啥的？

秘书翻翻白眼说："种苜蓿是县政府的决定，种多少也是县里下达的任务，那卖苜蓿的任务自然也该由县里统一牵头签订。乡里这一级小衙门哪里做得了主。张乡长这次就是去县里打探情况，至于消息是好是坏，还得等张乡长回来才能知道。"

"那能不能给张乡长打个电话问问？"几个人挺着急。秘书有点不情愿，也许他也怕挨乡长训，不敢随便打电话。

这时，又有几个村种苜蓿的代表也来到乡政府打听卖苜蓿的消息，一伙人叽叽喳喳，大有得不到消息不回村的架势。秘书被来人吵得头晕目眩，不得不拨通张乡长的手机，想把矛盾上交。哪知道张乡长在电话里没好气地真把秘书训斥了一顿，并说县里有关部门也不知道往哪里卖，得等市里有关部门的指示。因为这事当初是市里统一安排的。同时，张乡长还让秘书转告大伙儿，这事儿也不能光靠上级安排，村民们也得自己想办法，能联系的就外出联系一下，能卖一点是一点，免得万一不行都烂在家里。

百合一伙人一听更急了。心说这帮村民有的连县城都没去过，让他们出门自己找销路，那不是两眼摸黑吗？再说这政府，村找乡，乡找县里，县还说找市，那市里是不是还得等省里安排？有一个农民忽然说这事看来得等中央、国务院来定夺。因为这退耕还林，发展林牧业是国务院定的。有几个人竟也跟着附和，说如此看来，恐怕还真的如此。

秘书一听他们几个的话阴阳怪气的，就训斥说："简直是胡说八道，国务院领导日理万机，全国那么大，事情那么多，怎会给你们具体到苜蓿草往哪儿卖？那还不得把领导们累死？"

"哪我们靠谁去卖？"不知谁在人群堆里埋着头嘟哝了一句。

"靠谁？"秘书迟疑了一下说，"靠你们自己吧！没唱过《国际歌》吗？这世上从来就没有救世主，也不能靠神仙皇帝，得靠我们自己。"

众人一看秘书都把这事儿扯到《国际歌》上了，心里的气就不打一处来，心想：噢，平时你们都指手画脚、吆五喝六的，一到有困难的关键时候，你们就教育我们靠自己，那我们这些百姓供养你们这些菩萨还有啥用呢？

村民们知道这事一时半会儿也没啥希望，就不再难为这个小秘书了。有人又问起这种苜蓿的补贴钱和粮的事啥时能兑现，秘书支支吾吾又推说这事也得等上级的安排。众人一听都挺失望，心想，啥事都得靠上级安排，要你们这层干部有啥用？那你们这些干部也太好当了，我们这些农民来了也许也能当，甚至比你们还当得好，最起码我们这些人还惦记着这些事儿。

吵吵了半天，村民们一看也没啥结果，人家乡政府也没流露出管饭的意思，一伙人就陆陆续续走出了大院。有的人想再等等上级看人家怎安排这事儿，有的人想也许真的只能靠自己想法子了。

百合跟梁满仓一伙人往回走，她们对梁满仓在乡政府一言不发的态度颇不满意。心想就你会当好人，怕得罪上级，装聋作哑的。不过，百合对他倒是挺理解的，官大一级压死人，梁满仓毕竟是在官场上混的，不注意也不行，再说就算他多说几句，又能怎么样呢？

路过一块荒地时，百合又想起当年他父燕春雷在山坡旮旯里偷垦了一块荒地，悄悄种了点山药。山药没长成时，谁也没人管，可等到他们一家来刨山药蛋时，村里却有人盯住了他们，把他们一家抓个正着，山药蛋也被没收了。现在的世道倒好，地里打出的粮食没人收，种出的草也没人要，真是不知问题出在哪里了？

过了段日子，张乡长终于又露面了，而且主动露面的。这天张乡长在村长梁满仓的陪同下，来到桃花峪村，准备解决关于苜蓿草的问题。张乡长走在一行人的最前面，满脸带笑，步伐沉稳，一副成竹在胸的样子。村民们见了悄悄议论，说看样子这苜蓿草的问题有希望了。

张乡长这次来，不准备召开全村大会，而是深入十几家种苜蓿的大户，重点传达上级的精神，其余小户由村长统一传达。这样做，既可以做到深入群众中间，又可以说真正把工作做到了家。

张乡长第一户就来到了百合家。张乡长对百合一家怀着很特殊的感情。他知道百合很能干，而且也敢干，从他第一次选她做致富的典型以来，尽管是屡战屡败，但百合屡败屡战的精神也确实打动了他，虽说他几次帮忙都几乎是帮了倒忙，可他心里一直在寻找机会弥补对她一家的愧疚和遗憾。

这次百合又是全村的种苜蓿大户，百合本人在全村又很有影响，做好百合的工作就为做好全村的安抚工作开了个好头。

张乡长一行人进入百合家的大院，望着院中堆的小山一样的苜蓿，他们心里很不是滋味。百合没说啥，倒是笑吟吟地上前迎接领导的到来。

　　这时，村里另外一些种苜蓿大户也来到了百合的院中，张乡长便开始现场办公。他踩在一垛苜蓿上面，稍微比众人高一点，这样讲话方便。他清清嗓子，双手很规范在叠在一起抚在小腹上，微笑着说："乡亲们，今年的退耕还林，发展林牧业，确实是上至国务院、省委、市委、县委，下至咱们乡政府为农民脱贫致富想的一个高招，但由于对上级精神领会不够，导致了苜蓿销售工作有点滞后，也就是稍慢了半拍，工作没有及时跟上，延误了乡亲们及时变现。话又说回来，这种失误也不是咱们乡政府的失误，因为全县各乡情况都是一样的，不是说这个乡的卖了，那个乡的没卖。市、县、乡各级政府都是按上级的指示做好苜蓿的种植工作完成种植任务，对于销路的问题也大多认为是上级有统一安排，结果上面没有统一的安排。这也难怪，都市场经济了嘛，不能有问题老找市长，得自己去找市场啦。"

　　说到这儿，村长梁满仓忙用嘴点了支烟递上去，结果张乡长不知是嫌他脏，还是忙得顾不上抽，就一直在手指间夹着，让它自己燃着。

　　"这次我外出找销路时，感想也不少，咱们久在农村，信息不灵，观念也落后了。就拿这销售问题来说吧，人家工厂现在都讲究"以销定产"而不是过去的"以产定销"，也就是说，生产产品的多少是按预先的订单来做，而不是按生产多少就准备卖多少。这对我们来讲，也是个教训，有待于我们在今后的工作中加以改进。"这时，那支自燃的烟头烧得他哆嗦了一下，他有点生气地把烟头递还给村长说，"今后存放苜蓿集中地不准抽烟，以免失火，快去，把它拧灭了。"梁满仓忙点头哈腰地接了烟跑到远处使劲儿用脚拧灭。

　　讲到这儿，张乡长话锋一转说："当然，作啥工作也不可能没有失误。但上级对我们的这项工作不会撒手不管，他们在积极替乡亲们寻找买方的同时，又出台了一项新的政策，那就是引导乡亲们走苜蓿加工增值的道路。也就是不单要把苜蓿卖掉，同时要把苜蓿就地消化，由草变成肉，就是要大力发展畜牧业，利用手中的苜蓿大搞养牛、养羊、养猪事业，走产、养、加、销一条龙的发展路子。这是大势所趋，也是市场经济的规律。大伙想想看，那草值钱呀还是肉值钱呀？那答案是不言自明的。"

　　乡亲们一听，顿时觉得欢欣鼓舞的，是呀，那肉肯定比草值钱，与其卖草哪如卖肉。可过了一会，人们的热乎劲儿就逐渐凉了下来，不知谁问了一句:"那得养多少牲畜呢?"

张乡长答:"那就看每家的情况而定了。各家可按各家的经济情况自己定夺,养几头牛,几头猪,几只羊,甚至是兔子都可以。"

人们在心里粗略的盘算了一下,觉得这事儿还真不那么简单,就光买羊崽、牛仔、猪仔,你得花多少钱?一头猪仔至少也得二百元吧,一只羊崽也得二百元左右,那牛仔就贵了,一头奶牛据说得一万至二万块左右,就是普通家牛也得两三千块钱,这本钱哪来?再说,除了喂苜蓿,怎么也还得喂点饲料吧?这饲料钱又哪来?一时间,人们心里算,嘴上说,七嘴八舌,声音像一群乱了套的苍蝇、蜜蜂,吵得大院像开了锅。

"发展苜蓿养畜是不赖,可这一年没收入,这买牲畜的本钱哪来呀?"人群中有人开始代表大伙说心里话了。

"至于这块资金嘛,"张乡长略一沉吟说,"乡政府也没钱,不可能统一安排这么多,那就得靠乡亲们自己筹划了,相互借点,再不行,信用社贷点,多想想总会有办法的嘛。"

"自己没钱,亲戚们也都是穷亲戚,跟谁借?信用社也不容易贷,咋办?"又有人在嘟哝。

"咋办?卖老婆呗!"人群中有人哄笑。

"严肃点,太不像话了。"村长站出来维持秩序,"乡领导那么忙还来咱村,跟咱们一块想办法,多好的领导!你们严肃点,大家讨论可以,但不能乱开玩笑。"

张乡长很大度地笑着打断了梁村长的训话:"没事,没啥儿,有意见的可以提,尽管提,只要乡政府能解决的,一定尽力解决。"

这时,有人又在人群中说:"那,这次养牲畜是不是就该走以销定产的路子了?咱得先签个合同,往哪里卖?不然的话,就算养几只羊,几头牛,可到时候再卖不出去肉就臭了,算谁的?大伙说是不是这理儿?"

村长梁满仓见张乡长脸色不太好看,心想,这些土鳖们,啥话也敢讲,这么大的问题张乡长能解决得了吗?你们也太胆大了,难怪他们常说,农民有啥怕的?还怕人家把你这个农民撤了?

"这个问题嘛……"张乡长倒还是挺沉稳的,怪不得人家当乡长,别人至多当个村长。他笑说:"计划经济向市场经济转轨,也不是一天两天的事,冰冻三尺非一日之寒嘛。咱们发展林牧业也得一步一步走,心急吃不了热豆腐,一口吃不成个胖子。咱们得大伙一边干一边摸索，一边养一边寻找出路，啥事儿都得有个过程嘛，有谁一生下就长成现在这么大了？"

张乡长的一席话，合情又合理，许多村民就不由地跟着点头。可人群里还有人在低声嘀咕："问题是，远水不解近渴，咱现在缺钱就过不了这道坎，这一坎过不去，以后的路就没法走。按说理是这么个理，可咱们现在的做法，谁能等得起，又谁赔得起？再这么折腾下去，饭都吃不上了，哪还能有精神议论啥向市场经济转轨……"

村长一看跟这群人辩论，简直就是秀才遇见兵有理讲不清了，简直就是对牛弹琴。武术师跟泼妇比武，最怕的就是她瞎抓乱挠不按套路来呀。就忙用眼睛请示了一下张乡长，是否可以结束了？张乡长也忙用眼睛说，可以。于是村长忙总结性地讲了一句说："行了，今天的指导工作到这就结束了。大伙就想千方百计、吃千辛万苦、走千山万水、挣千元万元，在乡政府的正确领导下，走自力更生，艰苦奋斗的道路，咱们的日子就很有奔头的！"

"奔你娘个头吧。"不知谁藏在人群中拿捏着嗓子说。

"哈哈哈……"众人都笑了。

村长很恼怒地扫了大伙一眼，想找出是谁不给他面子，让他在乡领导面前下不了台。但他一时又很难发现，梁满仓是聪明人，他知道再这么纠缠下去，就好比连鬓胡吃麻糖——纠缠不清。于是，赶忙领着张乡长出了大院。路上，梁满仓还一个劲地向乡长诉苦：村官难当啊。

说话归说话，事儿还得去做。乡亲们纷纷行动起来，百合也又东凑西凑，买回了五只小羊羔，精心饲养起来。可这么多的苜蓿，养五只小羊，只能吃完苜蓿山的一角，百合就张罗着到处托人继续卖草。

就在这时，村里人都传说田福寿家又收苜蓿草了。并说他虽然也一时没找到下家的买主，但他愿出钱收购村民的手里积压的苜蓿，减缓一下乡亲们肩上的压力。也有人说田福寿出的价格也太低了，按一般的市场价来说，每斤苜蓿草怎么也能卖到三毛钱，可田福寿却只出每斤一毛钱，愿卖就卖，不愿卖就拉倒，等着过几天当柴火烧炕吧。有的村民急需用钱，就咬咬牙卖了，也有的仍在观望、等待。

百合瞧不起田福寿这种趁火打劫的做法，她宁愿当柴火烧也不打算卖给他。田福寿倒是挺大方，专门派人过来问百合愿不愿卖，要卖可以暗地里给她一毛三分钱，但面上跟人还得说一毛钱一斤。百合听了不卑不亢地对来人说，田福寿的好意她心领了，但她要养羊，草就不打算卖了。田福寿听后恼恨不已，对人说，燕百合真不识抬举，咱就骑驴看唱本——走着瞧!

乡里对田福寿趁机压价收购村民的苜蓿也十分不满，但政府一时又找不到出路，也只能睁只眼闭只眼听之任之了。

过了几天，邵瑞忽然急匆匆的来找百合，告诉她一个好消息，他帮百合同乡亲们找到买主了，每斤草给三毛二分钱。原来邵瑞得知乡亲们苜蓿卖不出去，也挺着急，他四处打电话托城里的熟人，寻找买主。自己也上网寻找买主。昨天晚上，他终于跟内蒙古一家养牛大场联系上了。原来那家养牛场也一直缺草，去年内蒙古大旱，牧草短缺，只是一时找不到货源。这才应了那句老话，买的找不到卖的，卖的找不到买的。原来认为挺复杂的事情，实际上也挺简单，关键是自己没有人去想那个事儿，走出去做那个事儿。如果光说不练，你推我，我靠你，一级等一级，那事情也许真的给耽搁了。

百合跟乡亲们一听，很高兴，心想这台小小的电脑竟那么神奇，连那么一级又一级的政府都解决不了的事情，它竟然一摁就解决了，就惊奇得不得了。

可谁也没想到，就在百合她们等着那家养牛场汽车来拉草的前一天夜晚，百合家中的苜蓿堆突然起火，一时间火光冲天，浓烟滚滚。乡亲们一见忙来帮助救火，可由于苜蓿干得太透了，仅一会儿工夫，就烧成了一堆灰烬。

百合披头散发地跌坐在地上，脸上满是烟熏火燎的黑斑点，泪水一冲便成了七沟八叉的五花脸。她没有哭出声，她只是两眼呆呆地盯着那堆黑乎乎的灰堆，一句话也不说。人们不知道她在想啥，其实她自己也不知道在想啥……

二十三　带有鸡粪味儿的微笑

　　百合家苜蓿垛失火的原因一直是个谜。有人猜说是小孩玩火点着的，也有人怀疑是有人故意放的火，要不怎那么巧呢？大院里至少也有七八家的苜蓿寄放着，为啥偏偏是她自家的失火了呢？好在百合这个人肚量大，尽管她真的指望着这点苜蓿卖点钱打点一下生活哩。但烧了也就烧了，用百合自己的话说：火烧三年旺。说不准就是因为这把火，真的就把她一家的生活点旺了，旺得红红亮亮的。家家在大年时专门点旺火，也就是这个理儿。

　　有人劝百合到派出所报个案，也许能查出个子丑寅卯来。可百合不愿那样兴师动众的，一把草烧就烧了，又不是啥人命关天的事儿。再说出了点事儿，啥也不清楚迷里马虎的也挺好，要真是查出是有人故意使坏，那除了自己心里堵得慌，还得让作案人在人前没法做人，那岂不是相当于当众扒光了人家的衣服。唉，算了，也许人家烧咱的苜蓿有人家的道理儿，要不谁下辛下苦、提心吊胆地来烧你的草。也许真的是咱平时心直口快，说着了人家得罪了人家，让人家点把火消消气也值。

　　百合是这样想的，可乡里的张乡长不这样想。全乡的畜牧工作是他分管的，也是他具体抓的，有人要是专门放火，那就是跟他对着干，有意破坏他的工作。他很气愤，亲自派派出所民警去百合家调查，力争能尽快破案，给百合一个交代。派出所去了百合家，百合也不能阻拦人家工作，也端茶倒水地支应着。可民警们查来查去也确实找不出啥有用的线索，也就不了了之了。事后，百合还主动承诺那一两家跟着部分失火的村民，应承由她来赔偿人家的损失。那两户村民不同意，说占用人家的地方，失了火还要人家赔偿，世上没有这个理儿。可百合说不行，她说人家放在她院子里，是看得起她，是对她的信任。这次失火，不管是因为小孩玩火，还是别人偷着放火，都与她有直接的关系。她损失是应该的，但她不能连累别人，因此，百合坚决要赔偿。最后，双方推来让去相持不下，在村长的协调下，百合硬把种草的补助和白面让给人家才算心安。

提到赔赚，就不能不提到百合养的五只羔羊。其中有两只羊因偷吃苜蓿不知饥饱而被撑死。这样一来，五只羊羔成本是一千元，每只羊最大的利润是一百元，死了两只就等于赔了四百，也就是说，其余三只羊就按三百卖掉，也才算持平，一分也没挣。

这样一来，百合所种苜蓿、养羊的计划，除了一分没赚外，还把本钱赔了许多。乡里的张乡长对百合家的事情很放在心上，对于她屡屡受挫也很是着急。正巧，最近县扶贫办给每个乡拨下二十个重点贫困户的扶贫指标，开展专项定点扶贫。张乡长就忙给百合家分了一个名额。村里就有不少人羡慕百合，百合却不感到有多幸运，反而有点不高兴，对前来传达的村长说："谁说我家是贫困户？还是啥重点。我怎没觉得我家有多贫困，我倒觉得我家的日子过得不错的。"可把村长给气坏了，啊，人家乡领导想照顾她一下，她反倒觉得人家小看了她，这叫啥事？这话传到了张乡长耳里，他反倒觉得百合这个女人还挺有意思，也没责怪什么，只是让村长帮助把这件事办好。这倒让梁满仓很失望，他原以为乡长会大发脾气，把百合骂上一顿他才解气。他心里嘀咕着，前去百合家安排事情。

原来这次扶贫是由县肉联厂开展的专项扶贫，就是选择几十户贫困户，由肉联厂免费提供鸡仔、技术，包收成品鸡。贫困养鸡户只负责建鸡舍、购饲料，饲鸡仔，并且先期饲料由肉联厂垫付，后由养鸡户逐步摊付。按说这条件也挺优惠的了，特别是人家肉联厂包销肉鸡，这就解除了庄户人的一块心病。百合家院大屋多，条件也便利，只需焊几架鸡笼就可以开养了。

邵瑞听说了这件事后，还专门到乡里找张乡长聊了聊。邵瑞现在是乡里的常客了，自从他帮乡亲们推销部分苜蓿后，张乡长很感谢他，也对这个城里来的年轻人了产生了浓厚的兴趣，有空就请邵瑞到乡里坐坐聊聊，听他讲讲外面的新鲜事儿。依邵瑞的性格，他本属于那种不善应酬，不爱交际的那类人，在城里时也是因为不谙世故，看淡红尘，才躲到乡村里来的。可来了乡村后，他被农民那种几乎是原始的生存本能，自然的生活态度所感染了，这是邵瑞及许多城里人都缺少的宝贵东西。但农民也缺乏一种东西，而这种东西又是邵瑞所具有的，那就是文化和眼界。于是，他那颗曾满是冰凌的心开始暖化，他不再是沮丧和心灰意冷，而是滋生出一种要做点什么的欲望。特别是他那颗受伤的心和曾经衰退的身体，在清新山野之风的拂慰下，在百合的精心呵护下，又焕发出春天的生机和力量，他要融入村野的空气和生活，为乡亲们多办点事儿，来报答他们。

得知百合又要养鸡，他特意让同事从北京寄来了一大包关于科学养鸡的书刊。在百合正式养鸡开始时，他和张乡长就催促县肉联厂跟全乡的十几户贫困养鸡户签订了收购合同书。这还不满足，一天他跟张乡长又来到了县保险公司，想给百合她们养的鸡投保。来农村的这段时间里，邵瑞还发现保险业在农村简直就是一个真空地带。当城市的市民们已将保险普遍当做一种分散、化解风险，解除后顾之忧的重要手段时，农民们却还对啥是保险一无所知。城市居民在单位，有统一的社会保险，比如养老保险、失业保险、财产、人身保险，社会上还有汽车保险、重大伤残保险，等等。最让邵瑞亲身感到保险好处的是他投的汽车保险。邵瑞开车技术一般，经常不是这碰就是那撞，但每次碰撞之后，他都不担心，无非就是把车开到保险单位指定的修理厂，把车一扔就走人，至于怎么修花多少钱他都可以不管，反正保险公司肯定会让修理厂把车修好，就这么省心方便。要是没有汽车保险，那邵瑞的车可就不敢开了，再说也修不起呀，也许几年修车的钱就又够他买一辆新车了。在乡里与张乡长聊天，邵瑞就跟张乡长聊起关于保险的话题，张乡长也很感兴趣。在与邵瑞的接触中，张乡长除了增强合同意识，还增加了保险意识。他也觉得如果有保险为农民作后盾，那农民的损失就会降到最低限度。于是他和邵瑞从为百合家寻找保险入手，着手为农民摸索出一套农业保险的新路子。

进了保险公司，保险公司的一名经理听说是主动来投保后，挺热情地接待了他俩。当听明白俩人的来意后，保险公司经理显出很惊奇的神情，他笑着说："给农民入保险？那怎个入法儿？农民养老靠儿，农业收入靠天，又不存在失业保险，入啥险种呢？"

张乡长和邵瑞俩人就你一言我一语地提出想为农民的种植业、畜牧业等入保的想法。公司的经理边听边摇头说："你俩的想法非常对头，其实越是弱势群体越需要保险来支撑。中国的农业、农村和农民面临和承受的风险最高，是最需要保险业来化解风险的。可按照中国农村的实际情况，站在我们保险业的角度来讲，你俩的想法又是非常不切合实际的。特别是我国农业，基础设施落后，科技含量极低，基本上可以说是靠天吃饭，可老天爷又是最捉摸不透，变化无常的。所以说，中国的农业抗风险的能力最差，风险是最大的。"

"是呀，有风险才找保险公司，没风险还找保险公司干啥？"邵瑞忍不住说。

"是，有风险找保险这没错儿。可我们保险公司也得吃饭，也得考虑利润，如果给农业投保，那对于我们保险公司来讲是最不保险的事情了，肯定是赔多赚少，甚至是只赔不赚。"

"那你的意思是，农业方面的保险你们就不做了？"张乡长的问话明显带有不满。

"可以这么说。"经理侃侃而谈，"其实我们保险业中对农业的险种基本上就没有多少。过去我们基本上就不做农业保险，现在也自然不作这方面的考虑。你们是农业方面的专家，也最了解农业，光说最近几年，农业的旱灾涝灾，冰雹霜冻等灾害有多少？我们要是年年做保，那还不早就赔塌了？"

"那，照你这么说，这农业方面的保险还真保不了了？"张乡长又问。

"这也不能把话说死，至少目前还真没法做。"经理也是一脸的歉意。

俩人见话再说多了也没用，他一个县级保险公司经理也做不了啥主。俩人就一言不发地出了保险公司的大门。业务没办成，还有点被人小看的感觉。邵瑞还安慰张乡长说："农业入保，这是迟早的事儿，别听他一个小经理瞎叨叨。国家总会有农业保险方面的配套政策，咱们就再等等吧。"

说着，俩人上了乡长的破吉普车，叮叮咣咣地朝肉联厂开去，他们就贫困户养鸡的一些细节问题还得跟肉联厂去沟通。

村长梁满仓总共为桃花峪村争到了四户养鸡的名额。县肉联厂专门派技术员进村入户进行技术培训指导。经过指导，许多人才知道原来这种笼网养鸡可跟传统家庭养鸡大不一样儿，方方面面要求一套一套儿的。在几户养鸡准备工作基本就绪后，肉联厂就送来了鸡仔，养鸡工作正式开始了。

秋天的天气有点凉了。但鸡舍里要求温度不得低于摄氏二十度，特别是鸡仔初入笼时，温度不得低于摄氏三十度左右。百合家的窑洞里凉，就不得不生了个火炉子，这样才能保证达到要求的温度。百合每天在高温下干活儿，热得满头大汗，浑身起满了热痱子，汗水一浇，全身发痒发痛。这天，邵瑞来到百合家，一进院门就看见刘贵正蹲在室外干咳，邵瑞也马上就闻到了一股股刺鼻的鸡粪味。宋根红也嫌鸡粪臭，正躲在离鸡舍老远的一棵大树下歇凉凉，他一边用张破纸当扇子扇，一边还咧着嘴嘲笑刘贵："看把他娇气的，就这么点鸡粪味就把他呛成这样儿了，那别人养猪养羊还不得呛成肺癌？"宋根红嘴上数落着，另一只手也没闲着，伸进衣服里不住地摸索，不一会儿就摸出一个肥大的虱子，朝邵瑞晃晃说："千万别小瞧这虱子，你没听别人说过吗？虱子也是肉啊。"说着，他一抹就把虱子塞进牙齿间，"啪"的一声就把虱子咬碎了，然后"呸"的一声就把虱子皮吐了出来，按着喉咙一抖就把虱子血咕咚一声咽了下去。嘴上还骂着"小王八蛋，看你还敢吃我的血，你吃我的血，我就要你的命，看谁更厉害！"嘴上说着，眼睛还斜看正在干咳的刘贵。

邵瑞跟宋根红打完招呼，就向鸡舍走来。他从口袋里掏出一包口罩，抽出一个递给刘贵，刘贵止住咳嗽，用手接过来笑笑说："这东西管用吗？"

"肯定管用。"邵瑞说，"哎，百合呢？"

刘贵没说话，只是用手指了指窑洞里的鸡舍。

邵瑞一进窑门，一股腥臭夹杂着一股燥热扑面而来。正在里面铲粪的百合一见邵瑞进来，忙对他说："你快出去，这里可不是你进来的地方。"

邵瑞忍不住用手捂了捂鼻子，可还是忍不住干咳起来，忙跑到窑外，蹲在地上呕吐起来。

百合走出窑外，用衣袖擦擦头上的汗，看着邵瑞在呕吐，忙回屋取出一条毛巾和一杯水，递给邵瑞说："先擦擦汗，别感冒了，再漱漱口。"

"就是，"刘贵接着说，"里面太热，外面又太冷，一进一出，一热一凉，最容易感冒，百合已经感冒五六次了。"

邵瑞站起身来，擦擦脸，又漱漱口，不好意思地笑笑，把手里的口罩递给百合。百合接过来笑笑说："有那么臭吗？我怎么闻不到臭味了？再说，这个东西在窑里面也不能戴，捂得更热了，啥活也干不成。"

"你是闻得时间长了，已经感觉不到臭味了。"刘贵说，"再过几天，我也闻不见了。"

"这鸡粪那么多，几天出一次呀？"邵瑞问。

"一天至少出一回。"

"我的天。"邵瑞发愁似的皱着眉。

"这还是好的呢。"百合拍拍身上的土笑着说，"那填饲料更麻烦，隔三四个小时就得填一次，白天晚上连轴转，一次也不能落下。"

"那晚上咋办？还能睡觉吗？"

"咋不能？能。只不过是上好闹钟，迷糊几个小时，醒来填完再迷糊；再上好闹钟，再起来填……"百合说着，又提起扫帚扫起院子来，必须得保持鸡舍附近的卫生。

"那、那也太……"邵瑞不知说啥了。

"那也太啥？你没听说过世界上最难的两件事吗？"刘贵笑着问。

"哪两件？"邵瑞不明事理。

"屎难吃，钱难挣呀！"刘贵说着，自己倒先笑起来了。

"哈哈哈哈……"百合也忍不住笑起来了，直笑得手抖得拿不稳扫帚，就干脆停下来弯下腰笑。

邵瑞的嘴角咧咧，他也想笑，可不知为啥，就是笑不出声来。

二十四　夜半招魂

秋天的夜晚凉飕飕的。今天是矿工们发工资的日子，所以尽管天气有点凉，可矿工宿舍里却热闹非凡。

宋小蝶领着几个年轻女子趁黑天乘着辆破面包车进了矿区，径直向矿工的宿舍楼走去。路上她还遇到了几个其他"妈咪"领着的几拨女子，但都彼此心照不宣地对视几眼，也不打招呼，各走各自的路。看来，矿区的皮肉生意还是挺火爆的。就在发工资的头一天，小蝶的手机都快要打爆了，打电话有男的，也有女的，都想提前把"对象"找好，生意揽上。特别是那些矿工，每到发工资他们就像是过节一样，用他们自己的话说，他们是地下几千米深处四块石头夹着的一块肉，阎王爷随时都在对他们喊：拿命来！是的，如今的矿工就像是当年打仗的士兵一样，一进矿洞就如同上了战场，能否活着回来谁也不敢打保票。尤其是一段时期以来，他们几乎隔几天都能听到哪哪矿又发生了矿难，死了多少伤了多少，有的连尸骨也找不着，他们的腿就直打哆嗦，谁知死神会何时光临到他们头上啊。每天下井时，他们双眼一闭心里无奈地说：听天由命吧。晚上当他们从井下爬出来时，都会眼热心酸地说：我又回来了！心里直给菩萨磕头。

所以，有人说矿工的心灵是被扭曲了的，跟其他人有点不一样。他们挣了钱后，除了留下老婆孩子的生活费外，许多人都是该吃的吃，该喝的喝，该嫖的嫖，尤其感兴趣的是女人。只有当他们在女人身上驰骋时，他们才体会到做人的快乐。只有当他们把头深埋在女人温暖绵软的胸怀里时，他们才觉得生活原来很美，才感到自己拎着脑袋挣钱值的。他们在其他方面节省点，在女人身上花钱却很大方。有时他们趴在女人身上常会闪过这样的念头：这种享受会不会是最后一次？且很快他们又会自己骂自己：真她妈的乌鸦嘴！但动作却更显得强劲。难怪宋小蝶常会听女子们回来说：那些矿工简直就不是人，把她们折腾得死去活来。

看着那些年轻女人青春活泼的身影，宋小蝶不觉有些伤感。自己虽然长得俊俏，却只是死心塌地地跟了一个男人，忠心耿耿地伺候着他，可近日她感觉到廖大同有点冷落她。原因小蝶也清楚，就是上次燕忠嫖娼染病，传给自己又传给他后，小蝶无奈打了胎，致使廖大同生儿子的希望成了肥皂泡，再加上村里养病期间那场打闹，廖大同对她的热情明显减退。宋小蝶有些伤心，但她也能想通她跟廖大同本来就是露水夫妻，其实连个打伙计拉边套的名分也没有。好了就和，不好了就散，这也很正常。再说人家也没有亏待咱，人家给拉了那么多业务，帮咱在矿区站住脚扎下根，又给咱在村里盖了那么大那么好的大宅院，让村里人眼红得快要喷出火来了。自己也没给人家生出个儿子，也没挣下啥功劳，随他的便吧。自己抓紧时间多挣点钱是正事儿，等赚足了钱，就回村里的大院里，好好享受生活，比起百合他们已强了百倍，这辈子也知足了。想到这里，她不由地加快了脚步……

当那些年轻的女子们像一条条鱼儿一样轻轻滑进矿工们的宿舍时，里面就传出了阵阵迫不及待的响声。宋小蝶轻轻抿嘴一笑，心里竟然有一阵酸味，不过马上就被一种"成人一美，胜造七级浮屠"的感觉所替代。唉，人活着都不容易，能享受就享受一会儿吧。

正当宋小蝶心里生着无限感慨快要走出楼道时，突然从楼道口冲进来一群警察，其中一个还指着宋小蝶说："那儿有个女的，先把她抓起来。"说着就朝宋小蝶跑来。

宋小蝶猛地停下来，一转身就往回跑，一边跑一边找楼道灯的开关，就一边顺手把开关都给关上了。这里她太熟悉了，开关在那里她闭上眼睛都能摸的到。楼道里一下子就陷入了黑暗，就在警察们乱喊乱撞的工夫，宋小蝶成功地从另一个楼道口逃脱。但有一点她明白：今天那些姐妹们可完蛋了，肯定个个被从被窝里拉出来，等着罚款吧。

宋小蝶正想着，忽然发现楼下也埋伏了警察，看见一个女人慌慌张张从楼里跑出来，就断定她是个"地下工作者，"就猛追过来。宋小蝶撒腿就跑，仗着地形熟悉，她三拐两拐，就把那个警察落在了后面。慌乱中，她发现此处离廖大同办公室不远，就赶忙朝他那儿跑去。

真巧，这天晚上正好是廖大同值班。他见宋小蝶冲进屋里，嘴里说了句："警察追我。"就冲进卧室里的大衣柜里藏起来。

这时，那个警察也追到门前，他敲敲门进来，见廖大同正在书桌前办公，就问："刚才，看没看见一个女人跑到这里？"

"没有啊。"廖大同肯定地说，"我一直在值班，哪来的女人？"

警察一看廖大同是个领导，觉得他不会骗他，就用眼扫了一下办公室，说声打扰了就出去了。

这时，矿工宿舍里乱成了一团粥，被抓住的女子有几十个，全抱着头蹲在楼道墙角里，个个衣衫不整，披头散发的，大都怕被拍照曝光，就死死低着头不吭声。

屋里，警察们正审问那些嫖娼的矿工。有些矿工是老油条了，这种场面也见得多了，他们知道无非就是罚几个钱，也不能把他们怎的。于是，有的老矿工还跟警察嬉皮笑脸地耍赖皮："哎，我说警察大哥，你们也是男人呀，我们家离很远，一年四季沾不上女人，用血汗钱找个乐，还被你们给搅和了。唉，你们来也行，等我们完事再来也算没白花钱。"

"闭嘴！严肃点！"警察又呵斥起来。

宋小蝶听见警察从廖大同办公室走了，就从大衣柜里跳出来，但她不敢马上出去，怕警察在外面设埋伏，给她个回马枪，就跟廖大同聊了几句。廖大同劝她不要再干这种事了，她还不服气，心想我这无本的生意不做去做有本的生意，你给我钱？但她没心思跟他辩嘴了，她只是在琢磨是不是有人举报她，不然的话，为啥警察掌握的时间怎那么准呢？她不由地怀疑到廖大同老婆的头上。那个黄脸婆早对宋小蝶恨之入骨，巴不得她倒霉早点滚出矿区哩。

宋小蝶把她的怀疑跟廖大同讲了，廖大同却说她口说无凭，别瞎猜疑。宋小蝶见廖大同不向着她，心里就生气，说："我得调查清楚，要真是你那个黄脸婆，咱谁都别想好！"

廖大同见宋小蝶目露凶光，心里不由咯噔一下，他知道宋小蝶是个说得出做得出的女人。心里就不由地后悔当初怎么沾上了这个女人。最近他倒是听人说有人举报他与宋小蝶的事了，他心里挺担忧的。就劝说了几句，把她打发回了饭店。

宋小蝶回到饭店，心里庆幸这次的逃脱。一场惊吓使她觉得有点饿了，就叫厨师炒了几个菜，自己点了支烟大口大口地吸了起来。

其实，宋小蝶这次完全想错了，这次她已无法逃脱。原来她就是被人举报的，警察已完全掌握了她的行踪。这次突袭实际上是针对她这一拨人的，那几个女人被抓后，原来也想着罚点钱了事，没想到警察要刨根问底，三绕两绕，她们就把宋小蝶给供出来了。

警察连夜赶到小媳妇饭店，将正在睡觉的宋小蝶逮个正着，并从她身上搜出了矿工和小姐联系电话的小本本。经连夜审讯，廖大同也因包庇窝藏宋小蝶被带到公安局。

经过警方几天的调查取证，廖大同被指控包庇窝藏违法人员和侵吞国家财产罪，被作另案处理。宋小蝶村里那处大宅院也被公安局贴上了封条。

宋小蝶被抓后，因情绪过于激动，精神有点失常。被罚了款以后，获得保外就医，释放回家治病。

百合得知这一不幸的消息后，马上同哥哥燕忠、刘贵赶着马车到矿上接宋小蝶。小蝶的小媳妇饭店也被查封，宋小蝶已无家可归，百合就直接赶到矿区公安局门口接小蝶回家。

马车在山路上吱吱扭扭走着。宋小蝶两眼呆滞，一句话也不说，对百合一路上的宽慰也不理不睬。进了村，路过宋小蝶那座大院时，宋小蝶一下子就从车上跳下来，疯一样跑到大门前，拍打着门环要进去。百合忙追上去把她拉开。

宋小蝶在百合怀里挣扎着，哭着喊着要进去："放开我，放开我。这是我的家！我要进去，我要进去！"

百合也流着泪说："这不是你的家了。"

"谁说的？"小蝶满目的仇恨，直盯着百合，"怪不得别人眼红，连你也眼红。不是我的？那是谁的？啊？你说啊！"

"是，是国家的。"

"放屁！"小蝶大喊大哭，"它明明是我一砖一瓦盖起的，怎就姓国了？简直是放狗屁！它姓宋、姓宋啊……"

百合忙和燕忠俩人连抱带抬，把小蝶抬到车上，刘贵忙赶着车朝百合家奔去。

就这样，宋小蝶和燕忠一时无家可归，就住在了百合家的两间窑洞里。宋小蝶精神时好时坏，情绪很不稳定。百合就更忙了，除了照料鸡群外，又担负起给小蝶治病的负担。她东奔西跑，进城请大夫，出村求偏方，除了药物治疗外，还要天天晚上坚持叫魂，这叫做土洋结合疗法。每天晚上夜深人静时，百合就在锅台灶前祷告一番，求其保佑小蝶尽快治好病。然后把小蝶的衣服用秤称一称，记住斤两，再把衣服塞进怀里抱着，跟燕忠来到村里的一个十字路口。百合掏出衣服朝地面喊一声："小蝶，回来吧！"燕忠就在后面敲一下小锣应一声："回来了。"俩人就起身往家快走。在来回的路上，任何人也不准说话，旁人打招呼也不准应，否则就不灵验了。回到家里，把小蝶的衣服在干热锅上转几圈，再用秤称一下，秤杆稍高一点，就说明魂已叫回。

就在百合小蝶她们在乡下折腾治病的同时，廖大同也正在被隔离审查，他坐在屋里正在写交代材料。他一个字也写不出来，满脑子却回响着他在村里养病时常听隔壁马五六哼唱的那首山曲儿：

半碗碗黄米吃软糕，
你不嫌妹妹嫩水水，
妹妹不嫌你老混混。
霜打红豆红豆吃不得，
野汉子伙计伙计打不得。
你妈妈生下你这众人爱，
哪一个伙计也是一个害。
瓢葫芦芦开花头对头，
咱二人打伙计结下仇。
葱苗苗开花人不见，
打伙计就全凭一个拉里线。
羊羔羔吃奶跪在地，
苦命鬼打不下个好伙计。
一辈子没寻下好女婿，

六十岁才想起一个打伙计。
碗大的灯盏一滴油，
再好的伙计打不到头。
你要串妹妹门那早点来，
半夜三更门有点不好开。
半夜想起串妹妹，
狼吃狗啃不后悔。
叫一声妹妹我就开开门，
西北风厉害吹得哥骨头疼。
半夜来了鸡叫走，
串门子哥哥就像那偷吃狗。
……

二十五　她把身体押给了别人

就在百合一边忙着养鸡，一边忙着给宋小蝶治病的时候，一个更为沉重的事儿宛如一根大棒，重重地砸在了她的肩上：她的亲生父亲陆苗旺终于闭上了双眼。

陆苗旺从早年正式为王兰英家拉边套起，实际上一直就是这个家庭的顶梁柱，尽管他只有一只胳膊。但他很有头脑，村人称他是"独臂支柱"。就是在最困难的时期，别人饿得面黄肌瘦，王兰英一家人也靠着陆苗旺能填饱肚子。燕春雷出狱后，整日里吊儿郎当，酒醉醺醺，做事也是三天打鱼两天晒网，除了发脾气打人外，没有一点真本事，连他也得靠陆苗旺养着。燕春雷死后，陆苗旺由拉边套上升为"驾主辕"的，更是责无旁贷地担负起养活全家人的重担，几乎榨尽了自己全部的心血。

但后来发生的抢夺王兰英的事件，使他伤透了心。他意识到：边套永远是边套。这个体会犹如一块烧得通红的烙铁，一下子就烙在了他的心尖上，发出滋滋的响声。记得王兰英重病差点被抢走那次，王兰英躺在炕上，手拉着陆苗旺的手，连声说对不起，这辈子最对不起的就是陆苗旺。她流着泪低声给他哼唱着一首老辈人常传唱的小曲儿：

茄子那开花啊品青莲,

多见面(那)面来少谈言。

房檐上流水(啊)瓦咚咚响,

天大的难活一肚肚装。

香油(那)辣椒(呀)和砂糖,

甜酸(那)苦辣咱二人尝。

你难(那)我难(那)咱二人难,

好比(那)洄水湾湾打烂船。

······

不过,陆苗旺觉得老天爷还是公道的,尽管他一辈子为这个家拉边套吃了不少的苦,受了不少的委曲,但也得到了不少的补偿,尤其是王兰英为他留下了燕百合和燕权两根血脉,使他得到了极大的安慰。特别是百合这个苦命的女儿,对他极为孝敬。从小到大都是他的贴心小棉袄。一日三餐,夏单冬棉,缝缝洗洗,全靠百合一人支撑。在他病重期间,百合四处借钱为他看病抓药,亲自煎药一勺一勺地喂进他嘴里,隔几天还得为他擦身洗内衣,有时候他自己都被自己身上散发出的味道呛得直咳嗽,但百合却从未嫌弃过,甚至连眉头都没皱过一下。只要有空,就会来到他炕前,端屎倒尿,还像伺候孩子一样为他洗脸、洗头。本来陆苗旺对生活早就绝望了,但因百合这个孝顺的女儿又使他对生活充满了依恋。

王兰英死后被抢走与燕春雷配阴婚后,陆苗旺对死后的安排充满了矛盾。死后不配阴婚吧,也确实孤独,一个孤魂野鬼流浪到何时才是个头哇;配阴婚吧,那确是一笔不少的开销。这负担无疑又是百合一人来承担。而且百合为平息争夺兰英之争,已多次承诺倾家荡产也要给他配成阴婚。百合的负担有多沉重,陆苗旺心里最清楚,他确实不愿再让她那本已压得她喘不过气的肩头再加块石头。死前的陆苗旺整日考虑的就是这事儿。他几次要求百合在他死后切不要再配啥阴婚,但每次百合都笑着宽慰他,老是说放心吧,老爹,我知道该怎么做。到后来,陆苗旺虚脱得说不出话来,耳畔间却老是很清晰地回荡着他年轻时爱唱的那首《心中的亲亲合不上婚》:

青石板上栽葱扎不下根，

心中的亲亲合不上个婚。

石砌的砖墙刮不进风，

天配的姻缘也合不上婚。

忻州的白菜并州的葱，

咱二人纵然相好也没喝过交杯盅。

墙头上画马那不能骑，

小妹妹怎好也是人家的妻。

人家的老婆那人家的妻，

扔下我哥哥那没人理。

······

　　其实，百合为父亲陆苗旺配阴婚，已通过原住她家大店的一个汽车司机，联系好了一个女子的尸骨，并已商定支付女方财礼钱六千元整。她已向那司机预付了定金两千元整，其余的四千元在女方送来尸身时结清。可百合一时又拿不出这么多的现金，她又想到了贷款。邵瑞听到这个消息后，他很替百合发愁，她知道百合除了一身债务外，已是身无分文。就用信封装了五千块钱送到了百合家，想帮百合解解燃眉之急，但被百合拒绝了。邵瑞说暂时借给她，等她有了钱再还。可百合很固执，她不想跟邵瑞发生金钱关系，一来怕惹闲话，二来怕给她和邵瑞的关系沾铜臭之气。邵瑞想不通，百合那么急需要钱，为啥就不用他的钱呢？

　　百合想到了信用社，可又一想信用社上次的贷款还没还清，抵押的绿豆条已被兑现还了部分贷款和利息。再去贷款，既无抵押的东西，也实在是不好意思，就又想到了田福寿的高利贷。她想不行就干脆再去贷高利贷，反正是高息，也没有人情，只不过将来多挣钱还他罢了。于是，百合又找到了田福寿。

　　田福寿一见百合又来求他，禁不住又洋洋得意起来。心想：你百合不是挺牛的吗？干啥还来求我？你连点苜蓿都舍不得卖给老子，到头来不也一把火解决了吗？

　　田福寿知道百合为给她爹配阴婚，今天的款非贷不成了。就越发牛皮哄哄起来，他说百合原先贷款的本金和利息都没还清，这次贷款拿啥抵押一下呢？

百合说："我拿鸡场的鸡来抵押！"

"鸡？"田福寿摇摇头说，"那不行，鸡是活物，是赔是挣还很难说，再说要是得了鸡瘟怎么办？"

"闭上你的乌鸦嘴。"百合有点生气了，"你贷不贷是你的本分，可你不能咒我的鸡啊，行不行，给个痛快话，我百合可不是一棵树上能吊死的人。"

"没抵押那怎贷呢？……"田福寿两眼色迷迷地盯着百合说。

"拿啥抵押，我们家的家底你也清楚，你看有啥值钱的随便挑。"

"我看就有值钱的。"田福寿故作神秘地说。

"啥？"

"远在天边，近在眼前。"田福寿诡笑着说。

"你是说我？"百合脸一红，有点不解地说，"我这个人也能抵押？"

"能，太能了。"田福寿哈哈一笑说，"敢不敢立个字据？"

"立啥字据？"

"要是到期还不清，就把你这个人抵给我。"

"怎？你想把我卖了？"

"卖？我才舍不得卖呢！我要留着自己享用。"

"呸，你真流氓。"百合恨恨地说。

"流氓？我流氓都得不到你，不流氓就更挨不上你了。"

"那，要是我按时还清了呢？"

"那，没得说，你还是你，我还是我，互不相干，大路朝天，各走一边。"

"行！"百合一咬牙，"我签！"

俩人立好了字据，百合拿了钱匆匆出门，田福寿在百合出门时，趁百合不注意顺手就摸了百合大腿一把，被百合狠狠地踢了他一脚。

田福寿望着百合远去的身影，狠狠抽了自己一个嘴巴，心里骂自己：怎就那么贱呢？一而再再而三地迁就她。漂亮女人多的是，怎就偏喜欢她呢？她究竟有啥好？这人还真是日怪了，越得不到的非要得到。你百合越瞧不起我，我越要占有你，老子总有让你乖乖躺在老子身下伺候老子的那一天，哼，我看你还能撑几天？"

就在陆苗旺出殡的前一天，百合还请来邻村一班鼓匠敲打起来。本来刘贵就是鼓匠的班主，但他作为百合的边套，怎么说也算陆苗旺的一个非正式女婿，是不能亲自上阵吹吹唱唱了。现在请鼓匠也挺贵的，如果鼓匠里再请唱手就更贵，可百合怎么想也不能让老人走得冷冷清清，她就是借钱也得把丧事办得体面些。

邻村鼓匠主跟刘贵还算同门师兄弟，他象征性地收了点基本费用，就当给刘贵凑了份子长个脸面。他们在百合家大院里用木棍搭了个简易戏台，台上还把百合家的扩音喇叭装上，摆满了架子鼓、拉拉号、锣、鼓、唢呐等家什。全村的男女老少都来看热闹。

一通锣鼓响过，班主首先表演他的拿手手艺捉老虎。只见他嘴吹唢呐，一手按眼儿，一手却以迅雷不及掩耳之势拔下了唢呐头，把他当做老虎，在唢呐杆上转翻升腾，忽上忽下，忽前忽后，忽左忽右，矫若游龙，快如疾风。什么老虎上山，小虎下山，变幻多样，只见铜闪闪，看得人眼花缭乱，忽然，一个饿虎扑食，人们眼见唢呐头迎面飞来，不由得往后一缩脖，吓得低头躲避，一眨眼，却又见那唢呐头已稳稳当当地套在了唢呐杆上，呜里哇啦吹将起来。人群中爆发出一阵热烈的掌声，声音中还夹杂着几声赞叹：真是三辈子没儿——绝了！

接着，鼓匠班中一男一女两个唱手为大家唱起了《猪八戒背媳妇》：

男：哎媳妇呀，我要你个美娘子呀！
女：哎相公呀，我嫁你个美相公呀！
合：郎才女貌天配成啊！
男：巴儿崩
女：哼哈哼
男：小娘子
女：猪相公
男：我前引
女：我后跟
合：欢欢喜喜往前行
往—前—行—行—呀
哎嗨……

晚上，鼓匠班还进行了"刮灵"仪式，就是一整夜不停地吹打，百合就在这凄凄凉凉的哀乐中，在她爹的灵前整整跪了一夜。

第二天，时辰一到，正式出殡。百合雇的是八抬"龙杠"。龙杠做工豪华精美，上有古建房屋似的飞檐翘角，杠前是一条立体的龙头雕像，杠后是微微上翘的大龙尾，棺罩设在中间，前后首尾一体，如同神龙缓缓游动。

百合跟燕忠、燕孝、燕权以及叔伯兄妹们，组成的"孝子"队伍前边拉纤，后面儿的哭声一片。燕忠燕孝虽也披麻戴孝，但只是干嚎几声，眼里没泪。百合和燕权却是哭声哽咽，悲伤欲绝。

燕权手捧"纸盆"高高举过头顶，奋力向下摔去，只见手起盆落，"咣当"一声碎响，纸盆被摔得粉碎，纸屑四处飞扬。

到了坟上，配阴婚的女方来了两个男子，已直接把"新娘"的尸身送到了坟上。俩人拿了"聘礼"四千元就想匆匆走人。百合觉得奇怪，因为按当地的乡俗，女方一般都会派人来"送亲"，并且会一直在现场等到下葬合坟完毕后才挥泪洒别。百合问那两人女方家人为啥没来？那两人支支吾吾说女方家人怕伤心过度就不亲自来了，委托他俩送来。说完俩人就匆匆忙忙跳上一辆三轮摩托一溜烟走了。百合觉得这事有点纳闷，但因下葬人多事杂忙得晕头转向，也就在脑子里闪了闪便抛到脑后去了。下葬完毕后，众人将所有的花圈、长钱纸、引魂幡，以及金童玉女、汽车、别墅、电视机等纸扎，统统烧光。

望着那些纸扎在烈火中灰飞烟灭，有几个亲戚不禁想起了燕忠在给燕春雷上坟时，除了烧冥币外，还烧了手机，更让人啼笑皆非的是他还给他爹烧了几个很漂亮的小姐纸扎，意思是他爹在世时没怎么快活过，在阴间也得让几个小姐好好陪陪。这是后来燕忠的几个亲戚讲的，至于真假，别人就不得而知了。反正人们信真的多，许多人都夸燕忠别看有点半傻，心里倒还是蛮孝顺的。

办完丧事，百合不知是劳累过度，还是悲伤过度，或者二者兼而有之吧，反正是她病倒了，连续几天几夜都起不了床。

二十六　疯狂的鸡瘟

　　田福寿的咒骂还真显灵了。有人说，百合家养的鸡闹起了鸡瘟，目前，据初步估计已死了五十多只鸡。面对突如其来的瘟疫，百合傻了眼儿。她怎么也想不明白，自己完全是按照肉联厂技术员要求，按程序一步一个脚印去做的，卫生呀、温度呀、饲养呀、饮水呀，不敢有丝毫的马虎，怎到头来，还是染上了鸡瘟？她恨不得把田福寿那张臭烘烘的乌鸦嘴给撕烂。

　　县肉联厂得知这一消息后，马上派人来检查根由。查来查去原来是由刘贵的一泡屎引起的。前几天，刘贵的鼓匠班受雇于邻村的一家办白事的，出去吹打，吃了人家不干净的鸡肉，回家后就上吐下泻的闹腾了半宿。院里的小狗舔了他的拉稀粪便，又趁人不注意，跑进鸡舍咬伤了一只鸡，于是乎，鸡们就染病了。世上的事就这么巧了，正因为巧才不断惹出事端来。县里来的人让百合把那些死鸡、病鸡妥善处理掉，说完就回去了。面对堆在地上的五十多只死鸡，百合又一次明白：这次养鸡赔钱已成定局。怎么处理这些死鸡，成了百合一家争论的焦点。刘贵、宋根红极力主张全部推给县城公路上的小饭店，这样还能减少点损失。其实这种病鸡也吃不死人，顶多闹个跑肚拉稀。过去碰到这种情况，许多人都卖给了饭店。饭店再经高压锅一煮，基本上也算消毒了，吃起来还挺香的。可百合一直没言语。此时在她的脑海里总是在转动着一幅幅画面：许多人都吃了这种鸡，有的提着裤子拉稀，有的手抱着肚疼得打滚，吐得一塌糊涂，有的则在打针输液，尤其有几个小孩，难受的直翻白眼……

最后，百合从牙缝里吐出四个字："全—部—埋—掉！"

"啥？"宋根红、刘贵俩人瞪大了双眼儿，"全部埋掉？你还嫌赔钱赔得少呀？你是不是也闹病了？"

"你们才闹病了。"百合很认真地说，"你们也不想想，这么多病鸡一旦传染出去，那得有多少人吃了闹病？那得有多少鸡再染瘟疫？咱们再穷也不能昧良心。咱穷还有良心在，要是连良心都卖了，那咱可真穷得啥也没有啦！"

"良心？"宋根红还是不同意，"这年头，良心几分钱一两啊？"

"就是。"刘贵忙着附和。

"都别瞎叨叨啦！"百合语气很坚决地说，"这钱是我贷的，鸡是我养的。这事也得我做主，这鸡必须全部埋掉！"

"你、你———"宋根红和刘贵其实从心理上都畏惧百合。别看百合平素大事小事都让着他们，可她下决心要做的事，那谁也拦不住，因为她才是真正家里的主心骨和顶梁柱。

宋根红、刘贵再也不敢说啥，只好又叫了几个村民帮忙，用车把这些死鸡拉到村外的一个土坑里埋掉了。

第二天早上，百合下田路过那个埋鸡的土坑，她顺便走过去看了一眼儿，谁知这一看不要紧，看得她大吃一惊，原来昨夜埋的死鸡都被人偷走了，一个都不剩，除了满地的黄土和鸡毛，啥也没有了。百合心里又惊又气，忙向派出所跑去，她要去报案，让派出所赶紧查找那批病死鸡，千万别再祸害别人。一路上，她一直责怪自己当时怎就没撒点白石灰呢？要不点把火先烧了再埋掉，那样，偷鸡卖鸡就没那么方便了。可是她也没想到埋掉的死鸡竟也有人偷哇。

到了乡派出所，警察们看见百合满头大汗的样子，以为出了啥大事，听完百合的讲述，几个民警全都笑了。啊，原来就是丢了些死鸡就急成这样儿，那要是丢了个人还不把我们急死了。

百合见人家民警对这个事儿不太重视，就急了，她催问人家几时能破案，而且越快越好，民警们又乐了。一个说："就你这点鸡零狗碎的事儿，在我们这儿也算个事？"

"那啥算个事？丢人、杀人才算个事儿？"百合有点生气了。

"对，你说得还真对。"民警还挺佩服百合脑子反应快。

"那，你们还管不管这事儿了？"

"你报了案就完事了，至于管不管，怎么管，那就是我们的事儿了，你就别操那么多闲心了，明白了吗？"

百合也不好再说啥。她转身刚一出门，就听见里面有人说："不会是她自己偷偷卖了，又怕卫生部门追查，就假装埋了被人偷了吧？"

"嗯，很有可能。"一个人说。

"我看不像，这个女人我们了解一些。"另一个人又说。

百合气得眼泪直在眼眶边打转儿。她真想一脚踹开门跟他们讲个好歹，又一想算了吧，人家就是管咱们的，你跟人家争，还有个好？百合忍了忍，头也不回地走了。

日子就这么不咸不淡地过了几天。派出所也没把偷鸡的事当回事儿。百合倒是听人说派出所在审查几个偷牛偷马贼时顺便问他们偷过死鸡没有，那几个人当然说没偷过，派出所也就不再提起了。又过了几天，村外来了邻省的几个民警和工商局的大檐帽。他们在公路边开饭店的几个人引导下，来到村里调查了一番，就把刘贵和那天帮助埋鸡的两个村民带走了。

事后百合才明白，原来那天晚上，刘贵和两个村民当着百合的面儿也确实把鸡埋掉了。可当百合回家后，刘贵就马上又和两村民返回沟里，把五十多只鸡全部刨出来，连夜拉到邻省交界的一条公路边的饭店，按每只死鸡五块钱就全卖掉了，这样刘贵得了二百五十块钱，给了那俩村民五十块，自己装了二百块，他实在不忍心这些鸡白白地浪费掉了。另外，那两个村民还每人留了两只死鸡，捡回家全家饱餐了一顿，倒也没啥大事儿，就是有个孩子说吃完鸡肉后老拉稀。那家买鸡的饭店是在最近的一次卫生大检查中被查到了病鸡。人家刨根问底追查病鸡的来路，那个老板就把刘贵三人供了出来。就这样儿，刘贵三人被带回了邻省的公安机关。临走时，那个民警告诉百合，让她近期拿钱去赎人。

此时的燕百合，已被接二连三的厄运砸得天旋地转了。她满脑袋嗡嗡作响，问号与问号相互勾连碰撞，搅得她食不能进夜不能寐。她不得不重新审视起自己的命运。难道真如村人所传说自己是个"妨主货"吗？"妨主"是当地人对一个人最为刻毒的一种批判。也就是说一个人命苦命贱，做啥啥不顺，作甚甚不成。谁跟这个人有关系谁就会跟着倒霉。这个人会妨碍家人或朋友，故称"妨主"。

百合躺在家里，用被子蒙住头，脑海里一遍又一遍地过电影，回顾自己所想所做，她觉得自己每件事都做得忠心耿耿，尽心尽力，可总有一种很神秘的东西，仿佛一只无形的大手，在摆弄着自己，自己就不由自主地随着它的摆弄，忽而飘起来了，忽而又被摁了下去；忽而快步奔跑，忽而又被绊倒在地；忽而阳光灿烂，忽而又被暴雨浇湿；忽而是哈哈大笑，忽而又是泪水涟涟……她感觉得自己快要炸裂开来，炸成一块块的碎片，血肉横飞。她又一次昏过去了……

二十七 "野狐狸"进城

初冬，天气渐冷。村民们大都猫在窑洞的热炕头上，三个一伙，五个一堆，玩玩纸牌，打打麻将。女人们更是手拿上针线活儿，挤在一起，手里忙乎着，嘴上也不闲着，东家长西家短，打打闹闹，嘻嘻哈哈，充分享受着农闲的快乐。庄稼人经历了春种夏锄秋收，累个半死，到了冬天，似乎就要弥补一下以前的辛苦。在热乎乎的土炕上睡上个懒汉觉，舒服得关节咔咔作响，调剂调剂饭和菜，胃里也乐开了花。更主要的是村民们可以静下心来琢磨一下自己的事，全家的事情安排就会在袅袅升起的烟雾中形成……

百合此时的心情跟周边的环境极不协调。看着周围的人们一片放马南山的情景，百合的嘴上却急得起了火泡。一年下来忙个贼死，却总是赔多赚少，债务背了一大堆，压得她好端端的肺片也好像得了哮喘。到了年关，还债就成了百合的第一要务。可黄土地上的冬日，仿佛就是逼人休息的时间。啥东西也种不成，啥牲畜也养不成，啥活也干不成，能做点啥呢？能挣点啥钱呢？百合急得在地上转来转去，真有点像热锅上的蚂蚁。百合尽管也反思过自己的命运，也承认自己的时运不顺，但她还是不甘心，还是不服气，还是要张罗着做点什么，这既是坚强也是无奈。坚强也好，无奈也罢，她总得要活下去，这个家总还要维持下去。

就在这时，邵瑞正好接到北京一位朋友的来电，想请他在村里物色一位能够靠得住的、手脚勤快的、能说会干的女人帮助看守菜摊。也就是帮着卖菜，条件是管吃管住，每月工资八百块。

邵瑞一下子就想到了百合。

当百合听到这消息时，她的眼睛唰地一下就亮了起来，可慢慢地又如同缺了电的灯泡，逐渐暗淡下去。她想这份工作好倒是好，不用自己垫本钱，又挣的是现钱，可自己没文化，普通话又讲不好，能给人家做好吗？再说，家里的两个男人能同意她出去吗？

邵瑞见百合犹豫不定，就给她讲了好多道理，来增强她的自信。邵瑞讲你百合做啥啥不成，不是人们讲的所谓"妨主命"，而是缺乏一种对所做事项的了解，缺乏对市场的认识，缺乏信息支持，缺乏对政策的把握，同时周围环境也是造成失败的原因。你迫切需要走出去，看看外面的世界，开开眼界，锻炼锻炼，哪怕是出去一个冬天也行，反正这段时间家里地里也没活干。

百合被邵瑞说动了心。她回家跟宋根红和刘贵说了自己的想法，没想到宋根红当即表示同意，他说只要能挣到钱，出去找点营生干干值得。刘贵却吞吞吐吐地说百合要出去了，那这个家怎么办？宋根红身体不好，俩孩子得吃饭上学，再加上宋小蝶和燕忠，尤其是小蝶精神时好时坏，也得人照顾。这上上下下，里里外外他一人肯定忙不过来。

宋根红听了很不高兴，他用拐杖戳着地说："忙不过来也得忙，这个家的日子过成啥样了？你也不是不清楚，再没人出去挣钱，锅都快揭不开了。怎？你到我家来，就是为了享清福？"

刘贵不服气，还要跟宋根红争辩，百合忙制止俩人的争吵。她说自己先出去试一试，能挣几个钱回来还还债，补贴家用最好，万一挣不到钱就回来，反正借米不成也不怕丢了斗升。

"对。"宋根红鼓励说，"是驴是马咱先自个儿拉出去溜溜再说。"

刘贵见百合决心已下，也不再坚持。只是劝百合出外可不像在家，一定得做事小心，万一做不下去，就赶紧回来，金窝银窝也不如自己的土窝。

百合跟邵瑞出村的那天，村里好多乡亲们都来送送。有的还说百合要是在外面找到挣钱的门路，可一定得帮大伙也致富；村长梁满仓总结说："对，上头说这叫走共同富裕的道路。"说得大伙哈哈大笑，仿佛已经真的走上了共同富裕的道路了。

马五六也同吕明、唐麦穗几个伙伴们来送百合。走出村外，他们望着百合和邵瑞的身影，禁不住扯开嗓子吼起了山曲儿：

窗棂开花窗朝外，
实心瞭你你不在。
槐树树来结槐花，
街门上遇见你没说话。
你在圪梁哥在沟，
有那个心思你摆摆手。
豆角角开花弯回来，
不想走了你返回来。
……

百合卖菜的摊位在菜市场的一角儿。菜摊上还有个年轻的小后生，只是这小后生天生结巴，又不太会算账。摊主原来带这个小后生守摊，后来摊主每天忙着自己进货，就缺个能算会道的守摊人，于是雇了百合这个村里人。摊主喜欢村里人，因为他觉得村里人厚道实在，干活舍得卖力气。

刚开始几天，百合有点不习惯，菜市场里人挤人人挨人，嘈杂一片，空气又极不好，各种菜味跟牛肉、羊肉、鸡肉等味混杂在一起，呛得百合直流眼泪。这对于呼吸惯了清新空气的百合来说，真是受罪了。

几天过去了，百合也渐渐适应了这里的环境和顾客。随着她一手称菜一手收钱，她也逐渐明白了生意是怎么做的，钱是怎么挣的了。经过一段时间的揣摩，百合发现这些城里人总喜欢寻找什么"绿色蔬菜"，她不觉一笑，心想蔬菜本来就是绿色的，为啥还要找什么"绿色"？后来她才发现越是蔬菜叶上有小洞洞的蔬菜，人们越喜爱。原来人们以为这种蔬菜上的农药少，才会有虫咬的小洞。越是没有一个小洞、又绿又亮的蔬菜，人们就怀疑是洒过农药，又用有毒药水泡过洗过的。她看城里人挺可怜，花钱买菜也吃不踏实，哪如村人自家地里种自己碗里吃得放心。想一想，她觉得城里有的地方还真不如农村好，难怪邵瑞整天说乡下总比城里好哩。

就这样，一个月一晃就过去了。

一天，摊主家里有事儿走不开，就让百合和几个菜贩子到郊区的蔬菜大棚里去进菜。到了那里，百合发现那一带全是蔬菜大棚，虽然已是寒冷的冬天，寒风凛冽，可当百合走进大棚时，竟发现棚里比春天还春天，到处是绿茵茵、嫩生生的蔬菜。在帮菜农割菜时，百合竟然在菜畦旁发现了几苗苦菜，百合在村里自小吃苦菜长大，娘从小就跟她说苦菜不苦，还能败火。因此她一看见冬天里还有苦菜长大，就喜滋滋的拣了几十苗苦菜。菜农贩子笑着说那苦菜都是野生的，附近的棚里挺多的。

回到菜摊上，百合一边卖菜，一边抽空把苦菜拣好了，顺手放在一旁，等下班后回到住处自己调了吃。有一位老大娘走过来买菜，她一眼就发现了那一小堆嫩生生、绿茵茵的野苦菜，她不由地伸出手拨弄了几下。这时又有一位五十多岁的男子也来到菜摊前，他也看见了那一堆野苦菜，他二话未说，两把就把那些苦菜抓到了自己的菜篮子。那位老大娘一见急了，忙从那男子的菜篮子掏出苦菜，还说那是她先看见的，她已决定要买下的。

那男子说他也要买。百合本来想说这野苦菜不卖，是她自己拣来的自己要留着吃，但她一看那俩人快要吵起来，只好劝说这种苦菜不能多吃，每人各拿一半正好，这才平息了一场争吵。

望着两人如获至宝的情景，百合忽发奇想：既然城里人这么喜欢这些山野苦菜，自己何不到郊区大棚多收点，肯定能卖好价钱。于是，第二天，百合又起了个大早，赶到郊区的大棚里，动员菜农们把棚里野生的苦菜挑了卖给她。菜农们自然愿意，连这些野生的草都能卖钱，他们又何乐而不为呢？不一会儿工夫，百合就收集了三四十斤野苦菜。

回到菜摊上，百合把这几十斤野苦菜拣了拣，又用清水洗了洗，不一会儿就被抢购一空。后来还有人打听到这摊位上有野苦菜，都跑来问寻，还表示愿出高价买，只可惜再高也没货了，因为货少才又显得金贵了。

百合找到了一个挣钱的窍门，就又帮摊主找了一个守摊的，自己就辞掉了这份工作。专门又在菜市场租了个没有柜台的临时小摊点，就是在地上铺块布，随时来卖，卖光就走的小地摊。她每天一大早就去收苦菜，早上赶回来，忙着拣菜洗菜，还在地摊上竖起块小木牌上写：野苦菜专卖。一时间生意火爆，天天供不应求，顾客们就跟她预订。她按顺序排队，照顾好这些专爱吃苦菜的人们。

过了一段时间，百合一个人又是收菜，又是洗菜，实在忙不过来。就打电话把刘贵从村里叫进城里，帮着她一块干。百合的野苦菜专卖生意越来越红火了。

一天上午，百合刚从郊区收菜回来，就看见摊前站了一位衣着华贵、满身珠光宝气的青年女人，不买菜也不说话，只是一个劲地盯着她看，百合被她盯得有点不好意思，就出于礼貌问她："大姐，来点苦菜吗？"

"菜？"那女人嗤着鼻子笑了一声说，"这也叫菜？那是草。"

"草？"百合愣了一下，不由得点点头笑笑说，"对，也是草。"

"你知道草和菜如何区分吗？"那漂亮女人又问。

"那、那怎区分呢？"百合可真不知道。

"那我告诉你。"漂亮女人在摊前来回走了两步说，"同样的植物，人吃了就叫菜，兔子吃了则叫草，明白了吗？"

"对。"百合听了觉得人家说的既有道理又有趣，她笑着说，"大姐真有意思，来点吧，吃了既美容又下火。"

"怎么？你还是要让我当兔子？"漂亮女人看来不愿吃草。

百合觉得这女人有点怪怪的，也就不再多嘴。这时，那女人又开口了："你是叫燕百合吧？"

百合一愣，心想她怎么知道我的名字？就下意识地点点头说："是的，你怎么……"

"我是邵瑞的太太丁丽。"那女人不等百合问完就打断了她的话。

"噢……是嫂子呀。"百合红着脸打个招呼，她忙搬把椅子放在丁丽跟前，"您坐吧。"

丁丽不知道是嫌脏还是怕压折了衣服，她没有坐，只是来回走了几步，自言自语地说："燕百合，野百合，还真有那么点味道。不过，还有一点野苦菜的味道，嘻嘻。"丁丽也许在为她独到的发现沾沾自喜。

"你们那里有山有水吗？"丁丽忽然问百合。

"没有。"百合边摆弄着苦菜边说。

"那有金哩还是有银哩？"丁丽又眯着眼睛问。

"更没有。"百合想这不是明知故问吗？

"那有没有狐狸？"丁丽一脸神秘地俯前身子问。

"狐狸？没、没有吧。"百合也不知道有没有。

"有！"丁丽却很肯定地自己回答，她一边说着一边朝市场外走去，走了几步忽然又转过身说，"是只野狐狸。"说完一扬头扬长而去。

百合愣怔了半天，不知道丁丽这是为什么。

二十八　唱不完的信天游

百合的野苦菜专卖生意越做越红火了，原本百合跟刘贵商量盘算着再租两组柜台，让苦菜也大大方方、敞敞亮亮地走上菜柜台，省的它们可怜巴巴地躺在地上的犄角旮旯儿里，仿佛真的天生就是苦菜的命。可由于苦菜菜源缺乏，供应量不足，就挣不多钱，再租柜台就加大了成本，卖菜的挣头就会减少。郊区的蔬菜大棚里的野苦菜毕竟有限，再加上也不是人家菜农的主要品种，人家有时间了就拣点，忙起来就顾不上了，有的拣了也自家留着吃了，这么好的苦菜，谁不爱吃？于是，百合就不由得想起了村里满山遍野的苦菜，挑也挑不完，吃也吃不尽。再想想那么多的苦菜在山野里自生自灭了，百合心疼得不行，可村里谁能想到，这些平时连猪都不爱吃的东西，到了城里却成了香饽饽、钱串串了。前几天，百合忽然冒出一个想法：那就是动员村里的乡亲们上山拣苦菜，她来负责收购出售。可又一想，那春夏秋三季山里地里满是苦菜，可到了这滴水成冰的冬天，村里除了狂风大作，飞沙走石，就剩下黄乎乎的一片了，哪里还有苦菜的影子？

看着百合每天躺在床上想着家乡苦菜的样子，刘贵知道百合实际上也想家了。这段时间的买卖确实不错，也挣了几个钱。可刘贵发现百合并不快乐，他总觉得百合不喜欢这种城里的生活，这里没有一出门就瞭见山和沟的敞亮，只有一块几尺见方的小地摊属于自己，稍微往旁边挪一点，就会有人跟你急。

尽管每天她脸上浮着笑，可回到家里脸上却是一脸的倦容，很少有亮开嗓子笑一通的时候。那地摊周围全是冰冷冷湿淋淋的水泥，只有她两脚站的那个地方是干的，因为周围只有她这个村里来的人心里还有股真诚的热气。有时候她被城里那些买菜老太太挑剔的都快挑晕了，她们哪怕是一根杂草叶也得给你剔出去，蹲在你面前挑来拣去的，心都快被他们翻动的手搅烦了，百合恨不得抓起一把菜扔给他们说：快别剔了，我送给你一把，不收钱，免费，好吗？周围也没有亲戚朋友，每天卖完菜两人就只能在出租房里待着，憋得她都快成了哑巴。有时候百合还冲刘贵发一通莫名其妙的火，刘贵也就不吭声罢了。

也就在这个时候，宋小蝶从村里打来个电话，借口说宋根红病了，让百合回家，还说要是百合不回去，小蝶也要回娘家去了。这让百合感到挺意外的。本来这买卖做得挺顺当的，挣钱也可以，这让她半途而废，岂不太可惜了？再说了这回村去啥钱也挣不上，那债务几时能还清？那一家老小吃啥喝啥？可要不回去，宋小蝶跑回娘家，那岂不又等于拆散了人家？自己该怎么办呢？

后来回村后，百合才听说是村里有人在宋小蝶耳边乱嚼舌头：说什么百合在外面眼面宽了，见的好男人多了，那本来就是个废物的宋根红在她心目中岂不更成了废物点心？还有，百合在外面白天黑夜跟刘贵待在一起，那感情岂能不超过宋根红？到时候，宋根红就会由亲老公退居为后老公，最后说不准还得被俩人灭了。也有人说百合这女人本来就心高胸野，在大地方待长了，九头牛也拉不回来了。更有人说百合在外面挣钱多是好事也是坏事，好事是能还饥荒了，坏事是女人一旦有了钱，就会变心，把全家老小全甩了，等等。直说得宋小蝶头皮发麻发紧，她回想了一下自己的经历，可不是吗？女人不都跟我一样吗？坏了，坏了，得赶紧想法儿把百合拽回来。日子穷就穷点吧，穷了穷过，也还算是个完整的家，富了可就不一定就是个完整的家了，于是，宋小蝶就打电话让百合回家。

刘贵见百合愁得两眼发呆，就趁机把憋了多年的话一股脑掏了出来：他劝百合别回去，待在城里和他做生意，反正挺挣钱，怕啥？有了钱啥事不好办？他建议百合跟宋根红离了，出钱再给宋根红找个女人伺候不就两全其美了吗？

百合瞪大眼睛盯着刘贵，她没想到刘贵会有这种想法。她反问刘贵，自己跟宋根红离婚也容易，可你想没想过，我离了，那燕忠怎么办？再说哪个女人愿意嫁给宋根红那个废人？最关键的是孩子们怎么办？孩子们还在念书，念书是他们唯一的出路。半路上，妈走了爹废了，他们怎能安心念书？亏你想得出来。

过了两天，百合忽然又接到宋根红的长途电话。百合原以为又是催她回家的，没想到宋根红在电话里带着哭腔跟她讲述了一件令人毛骨悚然的事情。前几天，邻省的和当地的派出所民警到百合家追查给陆苗旺配阴婚的事情。原来邻省村里一个去年被煤车撞死的二十多岁的女青年尸骨被盗，据警察侦察作案人就是那天送尸身的那两个男人。据他们交代，警察就顺藤摸瓜找到了百合家。现在那两个盗尸人和中间牵线搭桥的司机已被拘留，单等百合回家协助警方调查处理这件事情。百合听后惊得目瞪口呆，半晌说不出话来。

于是百合只好留下刘贵看地摊，自己坐长途汽车急急忙忙回去了。

百合走了，刘贵一人独自守着地摊，心里不由生出一种孤独的感觉。他又想起了陆苗旺，觉得有种同病相怜的感觉。想想陆苗旺再悲惨还有个孝顺的女儿百合，可自己老了怎么办？死了怎么办？想着想着，他在心底里又忽然冒出了鼓匠摊上常唱的山曲儿：

生铜勺子炼麻油，
小妹妹时华又风流。
白布衫衫白圪生白，
高粱红裤子绿西瓜鞋。
白萝卜胳膊水萝卜腿，
瓜子仁仁舌头海棠花花嘴。
远看你袭人近看你亲，
人好心好爱煞个人。
常和妹妹在一搭坐，
不觉得天长不觉得饿。
山顶上盖庙还嫌低，
打伙计不如娶下你。
……

下了汽车，百合顾不上回村，就直接跑到派出所，先处理配阴婚招惹的麻烦。事实上，这件事儿在百合回来之前已调查清楚了，女方就等百合回来商量如何处理后事。所以，百合到了派出所，民警例行公事地查问了一下她买尸身配阴婚的过程，与司机和盗尸人交代的几乎一样。民警又征求了一下男女双方的意见，双方都表示后事由俩家协商处理，民警就负责处理那两个犯罪的盗尸人，不再开棺取尸了，因为当地乡俗讲究随意动尸惊魂对双方都不吉利，后事就由俩家自行处理。

后来，百合才知道，她托那个煤车司机买个女尸身后，那司机因百合家车马大店被查封，就转到了邻省的另一家大店。他托店主打听购买一女尸，开价四千元。那店主又转托村里常年给死人抬杠送葬的两人办理。没想到那俩人为了干捞四千块钱，在离百合要求送尸身的前一天晚上，偷偷挖开了邻村一个被煤车压死的女青年的坟墓，把尸身连夜送到了陆苗旺的坟上，并谎称是女方家人托他们送来的。更巧的是，警察在调查中发现，这个女尸竟然是去年给百合联系女尸的那个司机撞死的女青年。警察就忽发联想，说那个司机是不是为了卖尸而故意撞死女青年的。可把那个司机吓坏了，他连呼冤枉。后经调查，认为那司机作案的动机和时间与事实不符，这才排除了连环作案的可能。

百合向女方家人作了赔礼道歉，并且说明了自己的想法：这件事本来是件好事，两个孤魂在地下也有了伴。可没想到中间出了这么大的波折。但不管怎么说，这事生米已做成了熟饭，不管是阳亲还是阴亲，反正两家已成了事实上的亲戚。百合把警察追回来的六千元钱又转交给女方，算是给女方的财礼。女方又提出男方岁数过大，与女方不相匹配，提出增加财礼两千元，百合赶紧应承。此次风波才算初步平息。

处理完这件棘手的事故，百合回到村里后，首先就是开始还债。她分别给信用社、田福寿的贷款各还了一半，把借亲戚的钱，赔偿苜蓿失火的钱，还有宋根红和宋小蝶的医药费几乎都还清了。在给田福寿还钱时，田福寿见百合只还一半就问："为啥只还一半？"

百合说："那一半还没到期，到期再还。这也是给自己加点压力，就好比一个人背后总有一只狼追着，她肯定跑得快。"百合说着又忽然想起城里人常说的那句话，"这也叫压力效应。"

"压力笑音？"田福寿不由得失笑，"压力大了都快压趴下了，还能发出笑的声音？"

百合心里笑他土鳖一个，除了有几个臭钱一点文化也没有。

走在街上，乡亲们见了百合大都会问："百合，又去还债了？"

"对，又去还债了。"百合笑吟吟地说，仿佛还债在她心目中是一件最开心的事。她还常跟人说，"我天生就是个还债的命。"百合嘴上是这样说的，心里也是这样想的，她觉得她这辈子欠别人的太多了，也许是上辈子自己就欠下别人的了，上辈子没还完，这辈子接着还。要不怎会是这样的命运呢？她觉得欠好多人的，欠宋根红、宋小蝶的，欠燕忠、燕权的，也欠刘贵的，甚至还欠了吕明、邵瑞的，她觉得凡是欠人家的就是对不起人家的，对不起人家的就越得还债。但百合这人认命却不认输，自己既是还债的命就应好好还债，不能偷懒，不能破罐子破摔。死猪不怕开水烫，要钱没有，要命有一条，那不行。而且她有信心把债还清还好，让别人说不出半个"不"字来。

回家后，宋根红很严肃很正规地跟百合谈了一次话，他说："百合，过去招刘贵拉边套，是因为咱家太穷，如今咱也有钱了，我觉得就用不着他再拉啥边套了。咱们就趁早让人家走人，兴许人家还能再成个家，要是他没钱，咱挣了钱可以帮助人家一点，省得这样不三不四的过一辈子，临老了问题一大堆，谁也没办法，你说呢？"

百合心想："这人怎么都这样？钱还没挣几个，就宋根红想赶刘贵走，刘贵想赶宋根红走，这日子穷了倒还能平平稳稳地过，可一旦有几个小钱，就烧得不知要出啥洋相了。"百合心里想着，嘴上却说："这事得人家刘贵同意才行，咱不能耽误人家大半辈子了，如今日子好过一点了，就过河拆桥，把人家扫地出门，这种不仁不义的事我可做不出来。"

宋根红听了，就觉得嗓子眼好像堵了个啥玩意似的，上上不去，下下不得，只觉得心里难受恶心，啥话也说不出来。

邵瑞上次把百合送进城后没多久，就回学校了。在城里的几天时间，他与妻子丁丽彻彻底底地谈了一次。谈的也挺好，反正他早已对丁丽失去了依恋，丁丽也早对邵瑞失去了兴趣和信心。她只是很好奇，她听说是村里一个叫百合的女人治好了他身上的病和心上的伤，邵瑞准备申请长期待在村里教书，其实百分之九十九是为了这个叫百合的女人，还有百分之一是村里的空气和乡间的风。她很想见百合一面，看看这究竟是一朵什么样的野花，能把邵瑞这个偏种迷得啥都舍得，啥都不要了。丁丽提出要见一下百合，邵瑞一开始怕她难为百合，不想让她见，可丁丽看出邵瑞的心思，说邵瑞太小看她了，她一个堂堂的富婆会难为一个乡下野妹子？邵瑞这才告诉了百合摆摊的具体位置。

丁丽见了百合后，觉得她确实是一朵自然、清纯的乡村野百合。看上去人也挺善良，看不出有啥浪劲儿，邵瑞既然恋上了这朵野百合就让他恋去吧。反正夫妻一场，只要他在乡下能健健康康地过，就随他去吧。人活在世上，也就是一场梦，何必太认真太讲究呢。

邵瑞听说百合回村后，就找百合认认真真地谈了一次心，他提出让百合同时离开宋根红和刘贵，否则这俩人将是百合身上一辈子的捆绑束缚。至于换亲的宋小蝶，她要是真的也要离开燕忠，他可以出钱帮燕忠再娶一个，也可以帮刘贵再找一个女人。他觉得他已离不开这里的山山水水，这里清新的山野之风、甘甜的山野之水、朴素美丽的山野之人，把他从痛苦的深渊中拯救出来，疗好了他的身心，使他又重新焕发出一个健康男人应该有的活力。他已经申请长期在农村任教，而且正在同丁丽协商离婚，他就等百合的一句话了。

百合听了觉得最近好像做梦一样，心想这仨男人怎同时都冒出了这样的想法？她一时头晕目眩，实在是不知如何答复他们，也不知道该怎么办才好，她只能说："让我好好想想，让我好好想想……"

在村里的几天，百合还跟村长梁满仓到乡里找了一次张乡长，张乡长很热情地接待了她。百合跟张乡长讲了她在城里的所见所闻，也讲了讲她的一些想法：她想让乡里动员乡亲们盖塑料大棚，种各种蔬菜，特别是种一些苦菜等山野菜，这些菜由她收购并出售。至于她是只在城里设摊卖菜呢，还是一起同乡亲们种大棚菜，再联系城里的菜摊主卖呢，到时再说，反正不影响给乡亲们卖钱就成。同时她还计划建个苦菜罐头厂，夏天做好了冬天也可以到北京卖。她还讲了大棚菜对于北方寒冷地区的好处：一是温室里菜长得又快又好；二是可以解决乡亲们半年忙碌半年闲的传统习惯，增加乡亲们的收入。她可以跟乡亲们签合同，还可以预付订金。反正，是让乡亲们吃下定心丸，只要建大棚多了，形成规模优势，就没有不挣钱的道理。

张乡长和梁村长听了百合一番话，不由得对百合刮目相看。心里暗暗佩服百合的眼光、胆识和她吃苦耐劳、百折不挠的精神。忙说好好跟乡亲们合计一下，争取把这项目作为致富的龙头项目，通过百合这条线连接城乡，架起一座共同致富的桥梁。

就在这一切酝酿着、磨合着的时候，百合儿子宋成龙到北京参加作文冬令营的时间也到了。百合就把这一切该她所想所做的事情都暂时放在一边，她要先陪儿子进城参加活动，因为在她心目中，儿子是她一辈子的希望，有文化才会有一切。于是，她领着儿子进城参加学习活动去了，至于那些令她头疼的事她会好好考虑的，自己能想好就自己想，想不好就多做几次梦，让梦神替她安排吧。

在百合领着孩子出村进城的那天，天蓝格莹莹的，太阳暖洋洋的，山野一片安静。百合和儿子站在山外路口上等公共汽车，望着那绵延起伏的黄土丘陵和曲曲弯弯的崎岖小路，听着山上放羊老汉沙哑的歌声，百合禁不住眼热心跳，泪水扑簌簌流落下来……

> 深不过那黄土地，高不过那个天，
> 吼一嗓子信天游，唱唱咱庄稼汉。
> 水格灵灵的女子，虎格生生的汉，
> 人尖尖就出在这九曲黄河边。
> 山沟沟里那日月，磨道道里那个转，
> 苦水水那个煮人人，泪蛋蛋漂起个船。
> 山丹丹那个可沟沟里，兰花花开满山，
> 庄稼汉的信天游，唱也唱不完。
> 东去的黄河呀，北飞的那个雁，
> 走西口的那个哥哥啊，梦见可瞭不见。
> 山涧涧那个流水呀，两条条那个线。
> 死活咋的那个好上呀，死活就咋的那个断。
> 山丹丹那个可沟沟里，兰花花开满山，
> 庄稼人的信天游，唱也唱不完。
> ……

（全文完）